¿Los besos cuentan como deporte?

Helen Salter

susaeta

Gracias a mis editores de Piccadilly, especialmente a Brenda, Yasmin y Melissa por su apoyo, guía e inteligentes consejos. Gracias también a Brian Keaney por su entusiasmo, y a mi familia y novio por seguir animándome incluso cuando todo lo que hacía era tumbarme en el sofá y quejarme melodramáticamente de mi estrés laboral. Mi agradecimiento también a mis queridos Jasmine y al fallecido Smudge por las útiles huellas de sus patas en el manuscrito y las hojas (¡de árboles!) y gusanos que constantemente me traían del jardín como regalo. Gracias finalmente a mis amigos del colegio que me llenaban todos esos enormes libros con notitas y mensajes y me despertaban en clase de matemáticas: ¡resulta increíble que al final aprobáramos y hayamos llegado a convertirnos en ciudadanos de provecho.

Texto: ©Helen Salter
Título original: *Does snogging count as exercise?*
Dirección editorial: Ana Delgado
Traducción: Elia Maqueda
Corrección: Carmen Blázquez
Maquetación: Mila Recio

C/ Campezo, 13 - 28022 Madrid
Tel.: 91 3009100 - Fax: 91 3009118
www.susaeta.com
D.L.: M-22733-MMXIII

Este libro está dedicado a todas mis amigas, especialmente a Faye, Rachel, Kate, Rebecca, Charlie y Joëlle: mujeres hermosas, con talento y llenas de inspiración.

Mi familia y otros animales

—¡El noventa por ciento de las chicas de tercero ya han recibido su primer beso! —gritó Poppy por el auricular del teléfono. Algunas de las revistas que solíamos leer confirmaban que estábamos claramente por debajo de la media de las personas normales de este mundo.

Sentada en la entrada mientras escuchaba a Poppy por el fijo, me preguntaba si también en la vida real pasaban cosas emocionantes o sólo era en las películas americanas. En fin, ya sabéis, las típicas cosas con las que una fantasea cuando tiene matemáticas a primera hora:

Fantasías preferidas de Holly Stockwell

1. *Llego al cole en una moto que conduce Luke. Frena en seco y yo me bajo grácilmente, agitando mi melena mientras me quito el casco (mi pelo, por supuesto, es rubio, o brillante, u ondulado; y, si estoy de humor, las tres cosas a la vez).*
2. *En lugar de pasar de largo por mi casa como hace siempre, Luke corre hacia el porche a cámara lenta, trepa por mi ventana como en* Romeo y Julieta *y me regala una rosa que lleva entre los dientes.*
3. *Estoy en clase de mates (no, ésa no es la fantasía) y, de repente, Luke entra con un enorme ramo de flores. Posible continuación de la escena: después de darme el ramo, me saca de clase y me besa en el patio. A la señorita Craignish le da un ataque al corazón al presenciar nuestra pasión irrefrenable.*

Desgraciadamente, nunca he hablado con ningún chico que me guste, ni mucho menos he recibido flores en mi pupitre. Vale, sí; hablé con Luke una vez cuando abrió la puerta en casa de Poppy. Nuestra conversación fue algo así:

Yo: *Eh... Hola.*
Luke (con prisa): *Ahora aviso a Poppy. (Y se fue corriendo).*

Mientras Poppy seguía hablando de nuestra ineptitud sentimental, yo apretaba el auricular contra mi oreja por si acaso Ivy o mi madre la oían. Poppy tampoco tenía una vida lo que se dice apasionante, pero por lo menos no le limitaban las llamadas a móviles, tenía a Luke de hermano mayor y, lo más importante, unos padres pacíficos y tranquilos. ¿Y mis padres? Pues baste decir que todavía tengo que esconder las revistas por si se abren por accidente por las páginas subidas de tono.

—Tú casi besaste a Yves —susurré. (Aclaración: verano, vacaciones familiares de Poppy. Un chico francés le pasa el brazo por los hombros y se va acercando a ella, pero en el último momento aparece su padre).

—Eso no cuenta.

—Bueno, vale, pero es que tampoco tenemos muchas opciones... ¡Vamos a un colegio de chicas! —dije, para darnos ánimos, mientras trataba de desenrollar el cable del teléfono. El teléfono fijo de mi casa ni siquiera es inalámbrico, de ésos que te puedes llevar a tu cuarto... No, éste está ahí, en la entrada, y tienes que hablar delante de todo el mundo, indefensa frente al instinto materno de cotillear.

—¿Qué quieres decir? —disminuyó un poco el ritmo—, ¿Que si hubiera chicos en el cole los besarías?

—¡Claro!, un beso francés. Para ir practicando para la universidad.

Si hubiera alguna clase sobre cómo ligar con chicos, me apuntaría sin dudado (y encima disfrutaría de las prácticas).

Levantaría siempre la mano para preguntar. ¿Cómo se supone que se aprende a hablar con chicos si no conoces a ninguno? ¿Qué hay que decir para gustarles?

Poppy resopló.

—La señorita Rustford nos diría: «A ver, chicas, humedeceos los labios lo primero...».

—¡Aaaggg! —salté asqueada.

Poppy cambió al momento de tema.

—Bueno, yo te llamaba para decirte que mis padres no nos pueden llevar al centro de jóvenes esta tarde.

En ese momento, todos mis planes del año (bueno, más bien los de esa tarde) se esfumaron de golpe. ¿Es que sus padres no se daban cuenta de que aunque, a decir verdad, el centro de jóvenes era bastante cutre, el viaje hasta allí en coche era mi única oportunidad de sentarme junto a Luke en la parte de atrás y chocar las rodillas en las curvas?

—O sea, que no verás a Jez —dije, estoica, ignorando mi propio dolor. Las chicas de catorce años no pueden ser tan patéticas y tan dependientes de un choque de rodillas.

—Ay, Jez... —se oyó un ruido que indicaba que a Poppy se le había vuelto a caer el móvil de la oreja con sólo mencionar el nombre de Jez. Poppy y él se conocían desde hacía años, y a ella le había gustado siempre, hasta el punto de que eran tan buenos amigos que Poppy no tenía ni idea de si a él le gustaba ella, y no quería fastidiar su amistad intentando averiguarlo. Yo estaba segura de que le había visto mirarla fijamente por encima de la mesa de ping-pong, lo cual era buena señal. (Nota: Jez es guapo, rubio y bastante estiloso, pero ni de lejos tan maravilloso como Luke. Claro que no iba a decirle eso a Poppy...).

—¿Luke está enfadado por no poder ir? —pregunté. Esperaba que Poppy contestara algo así como: «Sí, Holly, está hecho polvo porque no va a verte. De hecho, está llorando a mares en su cuarto». Pero Poppy volvió a coger el móvil y dijo, simplemente:

—No, se va al cine con Craig, y ni siquiera me ha invitado. Es que se cree tan guay sólo por tener dieciséis... Lo único que hace es estar con Craig, hablar de pelis antiguas de James Bond, o de directores cutres de cine. O cualquier otra cosa igual de aburrida.

Yo no dije nada. Las pelis antiguas de James Bond son una pasada. Y es genial que Luke quiera ser director de cine (aunque yo creo que más bien debería ser actor, con ese pelo rizado y esos ojos verdes... Mmm).

—Estaba pensando que lo de esta noche... —empezó a decir Poppy justo cuando mi padre y mi hermano pequeño, Jamie, entraban por la puerta.

—¡Ya las tengo! —gritó Jamie, levantando con orgullo una bolsa de una tienda de deportes. Dios. Vale, ya sé que no es culpa suya tener once años, pero lo de mi madre e Ivy es distinto, ya son mayorcitas. Salieron del salón y empezaron a alabar las zapatillas nuevas de Jamie.

—¡Ssshh! —chisté, aunque ni siquiera se habían percatado de que: a) yo estaba allí; y ni mucho menos de que: b) estaba hablando por teléfono—. Perdona, Pop, no era a ti —me apresuré a añadir, hablándole al auricular.

—¿Por qué no vas a verla a su casa? —me interrumpió papá—. Habéis estado juntas toda la semana en el colegio. ¡Y vive al final de la calle, por todos los santos!

A veces me pregunto si no me cambiarían por error al nacer y si no habrá en algún lugar de la ciudad una familia más académica, que viva en una casa con las paredes llenas de libros y cuya hija se pase todo el día en chándal y con la raqueta en la mano pidiéndoles que la saquen a tomar el aire.

—Vamos, sal un poco, que te dé el aire —insistió mi padre.

¿Veis a lo que me refiero? Miré a mi madre, que estaba sentada en las escaleras poniéndole los cordones a las zapatillas de Jamie, y supe que si seguía hablando por teléfono, iba a escuchar descaradamente mi conversación, hiciera lo que hiciera. Creo que ella ni siquiera se para a pensar que puede estar mal espiarme, sencillamente, no contempla mi derecho a la intimidad. A veces me extraña que no se haya camuflado todavía en un mueble de la entrada para vigilarme todo el día.

—Espera —le dije a Poppy resignada—. Voy para allá.

* * *

Cuando me dirigía a casa de Poppy; Luke salía a encontrarse con Craig, y al pasar por mi lado, ¡me rozó el hombro con su abrigo! Durante un nanosegundo fuimos uno, estuvimos unidos en el Universo. No estaba nada mal teniendo en cuenta que sólo estábamos a mediados de enero. Poppy se dio cuenta y abrió la boca para decir algo, pero conseguí callarla con una simple mirada. Poppy a veces es muy propensa a hacer que te avergüences, si la dejas. Por eso pasó tanto tiempo hasta que le conté que me gustaba Luke, por la cantidad de comentarios embarazosos que sabía que provocaría.

Además, yo tenía planes muy ambiciosos para el año que comenzaba:

Propósitos de Año Nuevo de Holly Stockwell

1. *Besar a alguien, preferiblemente un chico guapo (por ejemplo, Luke), no a cualquier chico. No al conductor del autobús.*
2. *Ir de vacaciones con Poppy, sin padres, para intentar llevar a cabo el punto 1 en la playa al atardecer.*

3. *Librarme de dar educación física (no puedo hacerle caso a mamá en lo de «disfrutar de la clase y participar» sin que me entre un pánico total).*
4. *Ser más guapa. Ejemplos: tener menos culo, quitarme el aparato, y convertir mi pelo fosco en un pelo Pantene (el pelo fosco no me sirve para la seducción, ¿cómo van a deslizar los chicos sus dedos por mi cabello?).*
5. *Dejar de comprar revistas para terminar queriendo comprar el brillo de labios que viene de muestra, pero no poder comprarlo porque me he gastado toda la paga en las revistas.*
6. *Mejorar mi vida social yendo a más fiestas.*
7. *Vale, ir a alguna fiesta.*

Los dos primeros puntos los tenía en común con Poppy, para poder ayudarnos la una a la otra. Mi propósito principal era el beso con Luke. Ella casi había besado a Yves, así que tenía que alcanzarla.

Poppy y yo nos sentamos en su cuarto a comer chocolate mientras ella se miraba los lunares en el espejo. Desde que la conozco, siempre ha sido una hipocondríaca sin remedio. Cada vez que se le duerme un pie, está convencida de que tiene trombosis y le tendrán que amputar la pierna.

—Siento lo de antes por teléfono —le dije—. Jamie por fin se ha comprado unas zapatillas con el dinero que le dieron por Navidad. Lleva semanas para decidir cuáles comprarse.

—¿Tu madre ya te ha perdonado por lo que hiciste con tu dinero?

—No.

Se supone que el dinero de Navidad es un bien propio y que uno puede hacer lo que quiera con él, pero mi dinero llegó acompañado por un montón de insinuaciones de mis padres aconsejándome que me comprara unas buenas botas de montaña; todo porque me había olvidado accidentalmente las mías en el autobús. No les pareció nada bien que me gastara el dinero en un libro y un par de tarjetas de recarga para el móvil, que ya se me habían gastado.

—Lo que te iba a decir por teléfono: esta noche podíamos llamar a Jez e ir al centro —sugirió.

—Me encantaría —contesté desde mi sitio habitual junto a la ventana, mientras Poppy se retorcía intentando verse la parte de atrás del hombro—, pero imagínate lo que va a decir mi madre: «¿Al centro por la noche?». Yo creo que piensa que nos vamos a perder.

—¡O que nos van a secuestrar! —añadió ella, que conocía bien a mi madre.

—O peor aún, que Jez nos llevará por el mal camino...

—¡Mmm... ! —Poppy frunció el ceño frente al espejo. Parecía un poco frustrada porque yo no podía salir, y eso que ella no se habría atrevido a pedirle salir a Jez ni en un millón de años. Por no mencionar que esta vez la culpa de que no fuésemos a verle era de sus padres, que se habían negado a llevarnos al centro de jóvenes. A lo mejor todos los padres del mundo están compinchados y se turnan para desbaratar cualquier plan que implique pasar el rato en compañía de chicos.

—¿No crees que es horrible tener tantos lunares? —dijo mientras se ponía bizca frente al espejo.

—No —contesté de forma automática—. Son como pecas pequeñitas.

—Mi piel es horrible —se quejó.

—No, no lo es.

—Y se me está cayendo el pelo. ¡Voy a quedarme calva!

—¡No te vas a quedar calva! Tienes el pelo rizado, eso es todo. Se quedan los pelos en el peine, y cuando te lo lavas parece que se cae mucho más.

—Ay, madre. Este lunar es nuevo. Eso no es bueno, ¿verdad? ¡Mira!

—Es un trocito de chocolate.

—Ah —se tranquilizó al instante—. ¡Sería tan guay poder salir y hacer algo que mole!

Sabía de sobra que a mí más que a nadie me encantaría salir una noche a lo grande, pero ¿qué podíamos hacer? Tener catorce años en la vida real no es para nada como en las pelis o en los libros, donde los personajes se pasan el día bailando en fiestas ilegales, colándose en conciertos de rocanrol, ganando concursos de la tele, etcétera. Hay una fórmula mágica muy simple para que te pasen cosas emocionantes en la vida:

Te pasarán cosas emocionantes si...

Vives en California. Tienes una gemela.

Te llamas Tori o Sandy o algo por el estilo.

Tienes un talento oculto para algo, como bailar, con el que impresionar a los chicos.

Tus padres se van fuera el fin de semana.

No te pasará nada emocionante si...

Vives en una ciudad europea cualquiera.

Eres la mediana de tres hermanos.

Te llamas Holly y tu hermana mayor se llama Ivy.

Te obligan a dar clases de educación física cuando careces de habilidad para el deporte.

Tus padres no parecen tener intenciones de dejarte sola en casa jamás.

Mi madre me deja ir al centro de jóvenes los viernes por la noche porque los padres de Poppy conocen a los dueños y nos llevan en coche, pero cualquier otra cosa que entrañe la cercanía de chicos está terminantemente prohibida. ¡Ni que tuviese diez años en vez de catorce! Cree que soy demasiado pequeña para «esas cosas». Mi madre está convencida de que los chicos son «muy peligrosos» y de que merodean constantemente alrededor de las chicas de catorce años para dejarlas embarazadas y/u obligarlas a fumar. Yo creo que saca todas esas ideas de los programas sensacionalistas de la tele, porque, en realidad, el mejor momento de mi fin de semana o del de Poppy es ver quién es capaz de meterse más caramelos a la vez en la boca.

—¿Te vienes a dormir a casa este finde? —me preguntó mientras yo jugaba con *Ratón* (Poppy no tiene mucha imaginación a la hora de ponerles nombre a sus mascotas).

Puse los ojos en blanco.

—No puedo. Mi familia ha preparado otro Día Divertido del Deporte. Ivy viene especialmente de la universidad el fin de semana para eso... O sea, que tengo que ir.

Poppy se echó a reír.

—Pero, Holly, ¿tú crees que siguen teniendo la esperanza de que te aficiones a algún deporte?

—Pues eso parece... Puf, son tan... activos. ¡Me canso sólo con mirarlos! —dije haciendo un amago de reírme. Y supongo que es gracioso si lo miras fríamente. Me siento mucho más a gusto con mis amigas que con mi familia. A mis amigas no les importa que prefiera leer o ver pelis antes que jugar al voleibol, pero en mi familia eso supone un problema grave.

—Pues no vayas.

—No es tan fácil. ¡Les emociona tanto! Es mas fácil dejarme llevar.

—Es que son muy... entusiastas —dijo condescendiente. Los padres de Poppy son normales y simpáticos, y no van vestidos con un chándal conjuntado.

—Iré, pero no pienso jugar a nada.

—Es curioso, la mayoría de los adolescentes se rebelan contra sus padres tiñéndose el pelo de azul o consumiendo drogas blandas. Tu rebelión consiste en quedarte en el coche leyendo.

—Pero en serio... —suspiré—. ¿Desde cuándo las palabras «deporte» y «divertido» encajan en la misma frase? ¡Odio el deporte!

—La semana pasada corriste para no perder el autobús...

—¡Pero porque pensaba que tu hermano iba en él!

Cuento de invierno

Los domingos deberían estar prohibidos. Siempre me los paso haciendo los deberes a última hora; luego me llama Sasha para preguntarme los ejercicios, porque piensa que yo lo tengo siempre todo bien. He intentado explicarle que no soy una empollona, pero con ella a veces es mejor dejarlo estar, porque no se entera. Cuando ya iban a terminar las vacaciones de Navidad mezcló las asignaturas. «Oye, Holly; el trabajo ese que teníamos que hacer sobre la eutanasia, ¿tú encuentras ese país en el mapa? ¡Yo no lo veo!».

Lo único que hizo que aquel domingo fuese un poco más entretenido fue que Luke pasó por delante de mi casa de camino al quiosco. (Que Luke pase por delante de mi casa es todo un acontecimiento en el barrio... En serio, lo es. Jamie se emocionó el otro día porque vio una nube con forma de perro). Tener la habitación pequeña que da a la parte delantera de la casa tiene una ventaja: puedo espiar a Luke por la ventana, que está justo encima del porche de la entrada, el cual podría servir como acceso secreto para tíos buenos. Claro que nada de esto ha pasado nunca.

El sábado había sido el Día Divertido del Deporte, durante el cual, por supuesto, había adoptado mi actitud habitual.

Consejos para soportar otro Acontecimiento Sport Cutre y Odioso (A.S.C.O.)

1. *Exponer una serie de razones lógicas por las cuales tengo que quedarme en el coche (cinturón atascado, riesgo de precipitaciones moderadas, etc.).*
2. *Seguir a mi familia a regañadientes a la zona en la que se vaya a llevar a cabo la actividad deportiva, con un libro y el móvil.*

3. *Localizar un emplazamiento cómodo en las inmediaciones y tratar de ignorar las interrupciones de tu enloquecida madre que intenta convencerte de que te unas a ellos, con una raqueta de sobra, un podómetro o cualquier otro desconcertante complemento deportivo.*
4. *Recordarle a tu madre que es una pena, pero que no has traído la indumentaria adecuada.*
5. *Sentarte en el suelo mientras tu familia le da patadas a un balón, corre o hace una combinación de ambas cosas.*

Doy gracias a Dios por haber inventado el sms. Podría pasarme horas simplemente mandándome mensajes con Poppy (o con Sasha, sólo que ella a veces sale al parque con sus amigos, mientras que la vida social de Poppy es tan limitada como la mía —lo sé de buena tinta—). Los días de A.S.C.O. es mucho más sencillo ponerse a mandar mensajes que discutir por qué no debería estar allí. Me mantiene ocupada y feliz hasta la hora de montarme en el coche de nuevo para volver a casa entre vítores y zapatillas llenas de barro.

Mi madre parecía un poco triste cuando, al terminar el Día Divertido del Deporte, Ivy tuvo que coger el tren para volver a la universidad. Ivy y mi madre solían hacer un montón de cosas juntas antes de que Ivy empezase la carrera. Aun así, ella seguía siendo el tema de conversación principal de mi madre y sus amigas en el club de bádminton. «Ivy ha empezado este año la carrera... Sí, Ciencias del Deporte... ¡Así podrá ser entrenadora»). Puaj. Nunca mencionaba que Ivy había sacado una nota pésima en selectividad. A mí, aunque en general tengo muy buenas notas en el cole, como no practico ningún deporte se me considera sutil, pero firmemente, hija de segunda división.

La afición al deporte de Ivy fue decisiva incluso a la hora de asignar la habitación que reformaron el verano pasado. Se suponía que Ivy sólo iba a estar en ella hasta que empezara el curso en la universidad. Mi madre tenía allí una máquina de remo y una bicicleta estática. Yo había aceptado un cambio temporal de habitación con Jamie, ya que su diana y su saco de boxeo estaban ocupando todo el salón. Pero Ivy llevaba ya en la universidad desde septiembre y yo seguía en la habitación pequeña.

Sabía que, si le decía algo a mi madre, me respondería que Ivy volvería en vacaciones, puentes, etcétera. Lo último que quería era montar un escándalo, y, definitivamente, no quería ser yo quien le recordase que Ivy se había ido, más o menos, para siempre. Así que allí estaba, en la habitación más pequeña del mundo, en la vieja cama nido de Jamie, y con la pared llena de jugadores de fútbol pintados a lápiz.

* * *

La gente es demasiado dura con los domingos. Por lo menos, el aburrimiento de un domingo es libre y te lo provocas tú solo; no se atasca en la garganta como un lunes lluvioso en el colegio. El Gobierno debería obligar a pasar del sábado directamente al martes. Todo lo que se quedara sin hacer los lunes, podría asignarse a la gente que está en paro y, así todos contentos.

Mientras desayunábamos el lunes, Jamie no paraba de decir que ojalá nevase para no tener que ir al colegio, lo cual no era mala idea... Después de todo, la lluvia es húmeda y aburrida, mientras que la nieve me dejaba fantasear por nuevos derroteros: Luke tirándome bolas de nieve, Luke pasándome el brazo por los hombros mientras caminábamos bajo la nieve, etc.

A las nueve ya había tenido mi momento para los cotilleos del fin de semana (o sea, ninguno) con Sasha, Charlotte, Bethan y el resto de las chicas, así que quedaba poco más que hacer. Nuestra tutora, la señorita Rustford, nos informó de que las clases de natación seguirían en el segundo trimestre. Puaj. ¿El colegio no debería ser un refugio seguro, agradable y cálido en el que olvidarse del ejercicio físico?

Razones por las que debería suprimirse la educación física

1. *¿Quién necesita pasar la terrible vergüenza de ser elegido el último cuando se hacen equipos?*
2. *Las situaciones competitivas dan mucho miedo.*
3. *Después de clase de educación física acabas empapada, muerta de calor o frío, y hueles a cloro (natación) o a sudor (resto de deportes).*

Además, nuestra profesora de educación física, la señorita Mastiff, siempre nos obligaba a ponernos esos estúpidos gorros de baño. El mío me lo regaló mi madre por mi cumpleaños, pero Jamie y su mejor amigo, el malvado Liam, lo agujerearon un día con un punzón y ahora se me moja el pelo, y eso que he intentado arreglarlo con el kit de reparación de neumáticos de la bici de mi padre.

Normalmente, Poppy y yo intercambiamos notitas a primera hora y así terminamos la conversación que hayamos empezado en el autobús, pero aquel día se le había olvidado el cuaderno. Así que mientras la señorita Rustford hablaba de la natación, estuve leyendo las últimas pintadas a boli en el pupitre. En una ponía: *Amo a Julian.* Julian había sido el último novio de Claudia Sheringham, hasta que lo largó por no gastarse suficiente dinero en su regalo de Navidad. Claudia es guapa (morena, pelo largo, aspecto mediterráneo) y segura de sí misma, por lo que es la protagonista de los cotilleos más exóticos de tercero. Sasha me dijo una vez que Claudia había besado a cinco chicos en la misma fiesta, ¡y que ni siquiera sabía cómo se llamaban! Eso sólo lo puedes hacer si sales con las chicas de cuarto y tu madre es italiana y además actriz de series de televisión. Está claro que todas las chicas de catorce años que todavía no han besado a nadie viven en el mismo barrio que Claudia, y que ella acapara a todos los chicos, y que no queda esperanza alguna para alguien con aparato, vulgar pelo castaño y una madre sobreprotectora.

De repente, la señorita Rustford cambió de tema, y a peor. Dejó de hablar sobre la natación para empezar a contarnos la excursión a los Alpes que había planificado para tercero y cuarto. Todo el mundo me presionaba para ir. Poppy quería que fuera porque era su cumpleaños el último día, y decía que necesitaría a alguien con quien hablar en el hospital si se rompía una pierna esquiando. Luego estaba mi madre, que había encontrado la carta del colegio encima de mi uniforme y había empezado a parlotear sobre lo bien que me iba a sentar el aire fresco de los Alpes. Le sugerí que le pagase el viaje a Sasha en vez de a mí, ya que ella quería ir pero sus padres no podían permitírselo, pero ella no contempló siquiera la posibilidad. Mis padres no son lo que se dice ricos (especialmente teniendo en cuenta que mi paga semanal sólo cubre el diez por ciento del saldo que necesito para el móvil), así que lo lógico es pensar que detrás de su entusiasmo se escondía la esperanza de que volviera de la nieve convertida en una fanática del deporte. (Ya podía imaginar la conversación en la pista de bádminton: «¡Vamos a mandarla a la nieve a esquiar!», «¡Genial! ¡Así se pondrá el chándal polar y vendrá encantada a hacer una marcha de quince kilómetros bajo la lluvia!»).

Vale, me siento un poco mal cuando pienso que mi madre habría sido deportista de élite si no hubiese sido por su lesión en la rodilla y todo ese rollo, ¡pero es que no se me dan bien los deportes! Al final accedí a ir a la excursión para no decepcionarla, pero estaba maquinando cómo librarme de tener que esquiar...

Cosas que hacer en los Alpes que no impliquen bajar una montaña sobre un par de esquís

1. *Hacerme fotos posando con mis gafas de sol y con el paisaje de las montañas nevadas de fondo.*
2. *Tomar tazas de chocolate caliente en la cafetería.*
3. *Calentarme los pies sobre una alfombra blanca de pelo delante de una chimenea crepitante.*
4. *Besar a chicos guapos franceses de la zona.*

La señorita Rustford echó un vistazo general a toda la clase.

—¿Alguna pregunta sobre la excursión?

—¿Cuándo vamos a hacer el reparto de habitaciones? —pregunté yo.

Lo único bueno que tenía el esquí era salir de casa con tus amigas y pasártelo bien.

La señorita Rustford dejó escapar un gran suspiro. Es una de las mujeres más gruñonas del universo. Era un auténtico rollo tenerla de profe de francés, además de tutora.

—Ivy... Digo, Holly... El objetivo de la excursión es el esquí. Ya organizaremos el reparto de habitaciones.

¿Por qué todos los profesores siguen llamándome Ivy? Vale, las dos tenemos el pelo castaño claro, y nos parecemos físicamente (vamos, somos las dos bajitas y bastante delgadas, aunque yo tengo más culo). ¡Pero Ivy terminó el colegio el año pasado! Además, ella es una eminencia del deporte, mientras que yo sólo soy una especialista de las becas (creo que la que tengo me la dieron por pena después de apuntarme por error en la convocatoria de becas deportivas).

Poppy, que estaba sentada a mi lado, parecía incómoda.

—¿Y qué pasa con las... actividades?

—¿Actividades? —preguntó la señorita Rustford.

—Sí, bueno, como ir a tiendas de chucherías.

—O a visitar un colegio de chicos —dijo Claudia Sheringham en voz alta. Poppy se rió.

La señorita Rustford ni siquiera parpadeó.

* * *

Creo que mi único logro del lunes fue hacer un diagrama de «a-quién-le-gusta-quién» en la última página de mi cuaderno en clase de matemáticas. Sólo hay que poner un montón de círculos por la página y escribir los nombres de gente dentro (de tus amigos, claro, no de tus vecinos). Y luego los vas uniendo:

Leyenda

Flecha continua: *se han liado.*

Flecha discontinua: *le gusta, pero no ha pasado nada todavía...*

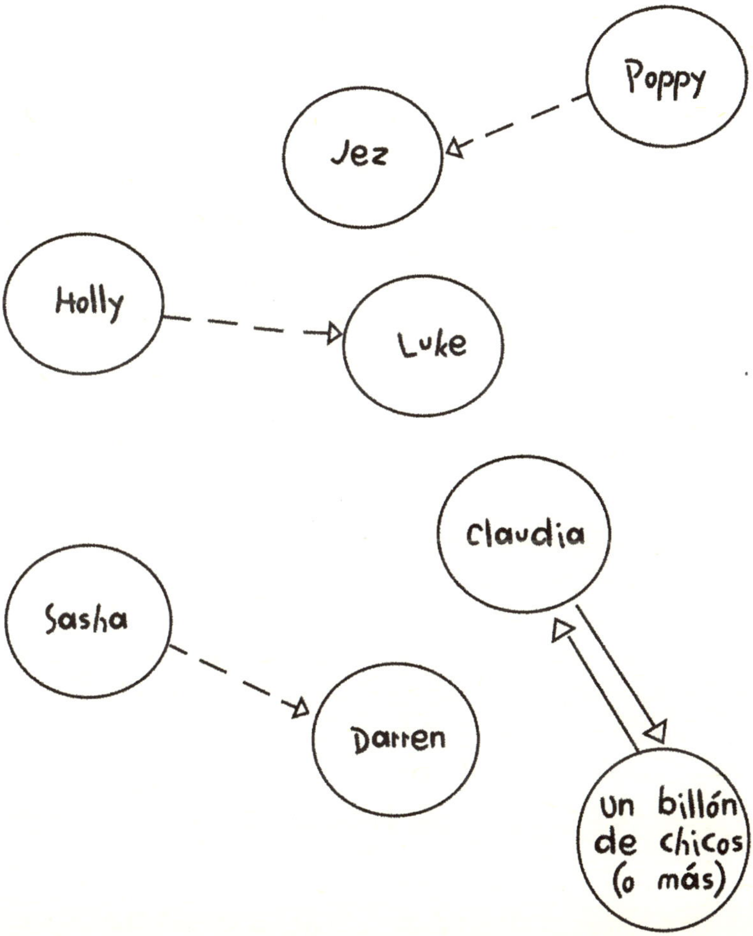

Sólo puse a Claudia para darle un poco de emoción. Seguramente fue un error. Por lo que había oído, podía gastar la tinta de todos mis bolígrafos intentando documentar su vida amorosa con exactitud.

Si llegábamos pronto a la parada del autobús después del cole, Poppy y yo a veces coincidíamos con Luke. ¡Aquello sí que era una recompensa después de un duro día de clase! El viernes lo vimos. ¡Menos mal que se me había ocurrido apagar el móvil! Jamie y el malvado Liam tenían la divertida costumbre de cambiarme el tono por cualquier melodía tonta compuesta por ellos. Sin embargo, lo que no podía evitar era llevar el Atuendo Totalmente Anti-chicos (la espantosa trenca morada y la bufanda a rayas moradas y grises del uniforme de Burlington). Todo ello sumado al agravante de que Poppy iba delante de mí y se sentó varias filas de asientos por delante de Luke, aunque había sitios libres en paralelo, lo cual suponía un auténtico desastre, por dos sencillas razones: una, que tendría que renunciar al viaje en autobús mirando a Luke (esa sonrisa increíble, con la que te entran unas ganas irresistibles de abrazarle... Cuando me pasa eso, suelo fijar la mirada en cualquier otro objeto para no hacerlo); y segundo, que aquel día yo tenía el pelo horrible (tipo fuegos artificiales, cada pelo para un lado). Intenté taparme la nuca con una mano de forma casual, pero Poppy me miró extrañada.

—¿Qué haces? —preguntó en un susurro. Yo bajé la mano.

—Sólo quería asegurarme de que no se me cae la cabeza.

Pero no podía dejar de pensar en la imagen que tendría Luke de mi pelo por detrás, y en cómo lo estaría mirando espantado, así que me di la vuelta y me puse a mirar por la ventanilla. Incluso me cuidé de mantener la boca cerrada por si le deslumbraba el reflejo de mi aparato en el cristal. Aquello me pareció bien hasta que me percaté de que Luke estaría viéndome de perfil, lo cual era muchísimo peor. Seguro que estaría pensando que nunca había visto unos mofletes de hámster como los míos... Finalmente, decidí pasarme el resto del viaje hurgando en mi mochila haciendo como que buscaba el brillo de labios.

A veces, tener una cabeza supone demasiada responsabilidad.

* * *

—Pop, imagina que nos quedásemos atrapadas en la nieve —le dije a Poppy por la noche. Estábamos en el vestíbulo del centro de jóvenes, poniéndonos los abrigos para irnos a casa. Al final, habíamos conseguido ver a Jez. Los padres de Poppy estaban un poco preocupados por si las carreteras estaban heladas, pero Poppy les convenció de que no pasaría nada. No sé cómo lo hace. Quizá todo el mundo ha hecho un curso de Gestión de Padres, menos yo...

—Sería un rollo quedarnos atrapadas —repuso ella.

—¡No, sería genial! Podríamos encender el fuego para no congelarnos, como en las películas.

El abrigo de Poppy se cayó del perchero y su voz sonó apagada mientras se agachaba a recogerlo.

—Eres igual de pesada que Luke con lo de las películas.

Iba a contestar algo, cuando Luke entró por la puerta. —¿Qué pasa? —preguntó al oír su nombre.

Yo lo miré, abrí la boca para hablar y... me detuve en seco. ¿Qué podía decir? Era el momento perfecto para decir algo, pero tenía que ser supergracioso y original. Me paré a pensarlo un momento cuando, de repente, un pitido de origen desconocido rompió el silencio.

—¿Qué es eso? —preguntó Luke confundido.

—No sé —contesté en un susurro (no sé por qué razón). Fantástico. Carraspeé. Él se quedó quieto intentando localizar de dónde venía el sonido.

—Es un teléfono. ¿De qué es esa canción?

—¡Es *La cucaracha!* —se entremetió Poppy, sacando el móvil del bolsillo de mi abrigo.

Me apresuré a mirar hacia el suelo. Jamie. ¡Lo sabía! Apagué el móvil y me lo guardé otra vez en el abrigo. No quería que Luke viese lo viejo que era.

—Eh... ¿Y cómo has puesto ese tono? —me preguntó Luke, dirigiéndose a mí. ¡Se había dirigido a mí! ¡Siete palabras enteras! (Bueno, si *eh* cuenta como una palabra, que yo creo que sí).

Me libraron de tener que contestar el señor y la señora Taylor, que llamaron a Poppy en ese justo momento para decirle que ya venían a buscarnos. De camino al coche, anduve todo lo deprisa que pude para llegar antes y poder sentarme detrás con Luke. Aunque lo conseguí, cuando entramos en el coche Luke se sentó muy pegado a la puerta de su lado y se puso a mirar por la ventanilla. Qué injusto. Poppy y Jez habían hablado durante cinco minutos por lo menos. ¿Cómo se las apaña? En un momento, creí que íbamos a chocar las rodillas cuando el coche parecía que iba a patinar en el hielo, pero el señor Taylor recuperó con destreza el control del vehículo.

* * *

¡El sábado por la noche nevó! Jamie estaba encantado de la vida. ¡En las noticias dijeron que el caos reinaba en el país entero! Y aún mejor: Luke y yo fuimos juntos a una colina y nos tiramos por la ladera con bolsas de basura. Fue muy romántico.

Bueno... En realidad, Poppy también vino.

Y... como había nevado mucho, a Luke no le dejaron salir con su amigo Craig, así que tuvo que pasar el día con nosotras.

Pero me tiró bolas de nieve, y en tres ocasiones me dio bastante fuerte.

Una auténtica metáfora de las flechas de Cupido, sólo que hacían un poco más de daño. Poppy me pilló una vez mirando a Luke con aire melancólico y levantó las cejas en señal de burla.

—Holly, ¿estás bien?

—¡Cállate! —le susurré presa del pánico. A veces puede conseguir que me muera de vergüenza.

—¿Qué? —Luke levantó la vista de la bola que estaba amasando.

—Nada —dije atropelladamente, y aparté la mirada. Cuando volví a mirar, él ya no me estaba mirando.

Al ponerse el sol, Luke y yo echamos una carrera colina abajo en nuestras bolsas de basura y aterrizamos en un batiburrillo de brazos y piernas. Fingí estar más mareada por el golpe de lo que en realidad estaba, para prolongar aquel momento feliz y entrelazado con él, pero, desgraciadamente, se levantó enseguida y se puso a tirar bolas de nieve a Poppy.

Después del rato en la nieve, Poppy se empeñó en decir que había cogido una pulmonía, así que fuimos a mi casa y le preparé un chocolate caliente. Luego, olvidó allí la bufanda que le había pedido prestada a Luke. Deseé con todas mis fuerzas que no se acordara de que la había dejado allí, y poder guardarla así para siempre en el sitio que le correspondía, debajo de mi almohada.

Lista de logros en lo que va de año

1. *Prendas de Luke en mi poder*
2. *Aterrizajes en la nieve en los que me he enredado con Luke*

Le escribí una carta a Luke diciéndole cuánto me gustaba. Por supuesto, nunca la eché al correo. ¡No estoy loca! La doblé y la guardé entre las páginas de *Ana de las tejas verdes.* Mi madre nunca miraría ahí.

Buenos días, tristeza

Zut alors (vaya por Dios), como diría Marie-Claude, la del libro de francés. El lunes siguiente ya había que ir a clase otra vez, y sólo porque toda la nieve se había derretido. Jamie estaba hecho polvo.

Primero teníamos matemáticas, y resultó que, en vez de salir a jugar con la nieve como la gente normal, la señorita Craignish había dedicado el fin de semana a corregir el examen sorpresa de la semana anterior. Sólo saqué un ocho, que era bastante triste, pero bueno. Sasha sacó un cuatro, que era peor (aunque no soy de esas personas horribles que se sienten mejor al ver los fracasos de los demás).

A la hora del almuerzo, Bethan estuvo mirando las fotos del móvil de Poppy y, de repente, un primer plano de Luke había dado la vuelta por todo el grupo en menos de cinco minutos. Bethan siempre está a la caza y captura de noticias frescas, especialmente si están relacionadas con chicos.

—¿Habéis visto esta foto del hermano de Poppy? —exclamó mientras le pasaba a Sasha el móvil de Poppy—. ¡Es guapísimo!

Claudia pasaba por allí con *Supertanya,* una de cuarto.

—¿Quién es ése? —preguntó. Se inclinó y le quitó literalmente el móvil de las manos a Sasha, ante lo cual Sasha le lanzó una mirada fulminante. Sasha cree que Claudia es una estúpida engreída y a menudo despotrica sobre ella. «¿Has visto cómo se chulea de su casa en Lansdowne, sólo porque es un barrio pijo? ¡Y ese estúpido culebrón donde sale su madre! Mi amiga Adèle lo ve a veces cuando se salta las clases, y dice que es una basura...».

—Es el hermano de Poppy, ¿A que es guapo? —dijo Charlotte, mirando por encima del hombro de Claudia. Bethan asintió. Yo estaba encantada con aquella confirmación de mi buen gusto por parte de toda la clase. Bueno, vale, no era toda la clase, pero la opinión de Charlotte y Bethan contaba bastante. Si Poppy tuviera una enfermedad imaginaria y no viniera a clase, y Sasha se saltase un día las clases con su amiga Adèle, me sentaría con ellas.

—No está mal, no —sentenció Claudia. ¡Hasta *Supertanya* asintió con la cabeza! Claudia devolvió el móvil a Poppy con una sonrisa. La oleada de popularidad-por-asociación era contagiosa. ¡Nadie más que yo podía ver a Luke todos los días o caerse en la nieve con él!

Al rato, me sentía ya lo suficientemente animada gracias a mis contactos como para intentar organizar algo con Luke para el fin de semana. Bueno, casi. Todo estaba en mi cabeza. Además, a mi madre le habría dado un ataque al corazón. Pero en mi mundo perfecto de fantasía, Poppy y yo íbamos a quedar con Luke y sus amigos para ir al centro. ¡Sería como una cita! Poppy haría fotos con su móvil y todo el mundo podría verme con él.

En la parte de atrás de mi cuaderno, escribí una lista de los obstáculos que tendría que sortear para conseguir lo que me proponía. Esto me hacía parecer muy aplicada e interesada en la clase. La lista era la siguiente:

1. *Conseguir que Poppy invite a Jez.*
2. *Llamar a Luke (sumándole, por supuesto, el obstáculo habitual, que es mi madre espiando mis conversaciones telefónicas).*
3. *Explicarle a Luke quién soy y por qué le llamo.*
4. *Exponer una serie de razones convincentes por las que Luke debería acceder a venir, y, además, con sus amigos, que no he visto en mi vida.*

Iba a contarle a Poppy mi plan en francés (en la clase de francés, no en francés), pero Claudia se sentó a su lado, sabiendo de sobra que ése es mi sitio. No me molestó, ¿eh? No me molestó ni un poquito.

* * *

—¡Anoche Darren me tiró un chicle! —declaró Sasha por teléfono—. Eso es que le gusto, pero de verdad.

—Bueno —dije con alguna reserva. Me fío de Sasha porque sabe bastante de chicos, pero ¿en serio era eso una señal de amor eterno? En principio, Sasha me llamaba para pedirme las respuestas de los ejercicios de lengua antes de ir a casa de Darren. Había conseguido arrancarle el auricular a mi padre mientras él recitaba con voz grave nuestro número de teléfono cifra por cifra (¿por qué no podrá decir, «¿sí?» como todo el mundo?). Luego, Sasha me puso al día acerca de su agitada vida amorosa. ¡Tiene tanta suerte...! Siempre puede salir con sus amigos, la gran mayoría chicos, y parecía estar sacándose el graduado escolar en ligues. Siempre lleva extensiones o trenzas en el pelo porque su tía tiene una peluquería, y luego queda con sus amigos para que le digan lo bien que le quedan. Y yo me limito a estar con Poppy en mi cuarto repitiendo la palabra *chico* muy alto, para ver si hay algún micrófono oculto que haga que mi madre venga corriendo presa del pánico a escuchar por detrás de la puerta.

—Entonces —siguió alegremente—, me rodeó los hombros con su brazo y me dijo que siempre le han gustado las chicas con curvas.

—Ah —dije. Estaba claro que mi dramática vida amorosa no impresionaría lo más mínimo a Sasha, ya que se reducía a la posesión de la bufanda de Luke y el éxito de haberme caído con él en la nieve, así que le conté lo de Poppy y Jez en el centro juvenil—. Hablaron un rato, y luego Jez le quitó el abono de transportes para ver la foto.

—Ésa es una conocidísima estrategia de ligue —aseguró.

Señales inequívocas de que le gustas a un chico (según Sasha)

1. *Que quiera ver tu foto del abono de transportes.*
2. *Que hable contigo de las series que veíais en la tele cuando erais pequeños.*
3. *Que saque a relucir las cosas que tenéis en común: que los dos tengáis los ojos marrones, que vuestros nombres lleven la letra «e», que los dos respiréis por la nariz, etc.*

—¿Y Poppy le quitó el abono a Jez y forcejearon para recuperar cada uno el suyo? —preguntó Sasha.

—No. Poppy ignoró lo del abono y se pusieron a hablar de las zapatillas nuevas de Jez.

—¿Pero a ella le gusta de verdad?

¡Ja!

— Totalmente —contesté entre risas—. Está todo el rato hablando de Jez.

Poppy y Sasha no son muy amigas. No es que no se lleven bien, es que no se conocen demasiado. Sasha es amiga mía desde educación infantil pero, como vive lejos, no nos vemos mucho fuera del cole.

—¡Sois las dos iguales! —dijo.

—No... Es distinto de lo mío con Luke, Poppy habla mucho con Jez.

Es alucinante, pueden tirarse horas hablando. Pero son muy amigos, y ella no quiere confundir las cosas.

—Ya veo. Atascada en la «etapa amistad» —repuso Sasha como si supiera mucho del tema, aunque yo dudo mucho de que ella haya pasado por la etapa amistad alguna vez con cualquiera de sus novios—. ¡Tienes que ayudarlos!

—Yo no puedo ayudarlos —resoplé.

—¿Por qué no?

Ella no lo entendía; los chicos eran una especie totalmente diferente a la nuestra. Yo ni siguiera conocía a ninguno con el que hablar para practicar un poco, aparte de Jamie y el malvado Liam, que no contaban. ¿Cómo iba a ayudar yo a Poppy y a Jez si ni siquiera podía intercambiar dos palabras con Luke sin quedarme en blanco? Incluso si consiguiera que Luke escalase el porche de mi casa para hablar conmigo por la ventana, daría igual, porque tendría a mi madre vigilando cada uno de mis movimientos...

Cuando colgué, mi madre apareció de repente en el salón y, lógicamente, empezó a entrometerse en mi vida:

—Qué, ¿ya está Sasha pidiéndote que la ayudes con los deberes?

A mi madre no le gustaba nada Sasha desde que el curso anterior la habían pillado copiando, una vez que había escrito las respuestas del examen en un papel y se lo había prendido en la parte interior del dobladillo de la falda (lo cual me pareció bastante ocurrente). Pero Sasha es genial. Poppy es mi mejor amiga, pero a Sasha la conozco desde hace más tiempo. Nos conocimos a los cinco años, cuando le tiró una pieza de Lego a la profesora (menos mal que mi madre no sabía nada de aquella historia).

Le dirigí una mirada fulminante a mi madre y subí a mi habitación.

* * *

Al día siguiente tenía dos nuevos problemas.

El primero era que el olor de la bufanda de Luke había desaparecido por completo. Tenía que haberla olido menos. Reflexioné sobre aquello de la manera más científica que pude, y se me ocurrió que podía intentar respirar hacia fuera para que las moléculas del olor salieran de mi nariz y volvieran a la bufanda. Pero no funcionó.

El segundo problema era que Claudia había vuelto a sentarse al lado de Poppy en clase de francés. No estaba muy segura de cómo se suponía que debía reaccionar ante este asunto de los cambios de sitio. Podía hacer una excepción si lo que pasaba era que se había tropezado y había caído al azar en la silla de al lado de la de Poppy. Era algo poco probable, pero posible, y podría perdonarlo por una vez. ¡Pero no dos! Poppy me miró con cara de disculpa cuando entré en clase, y me hizo señas para que me sentase cerca de ellas, pero no había ningún sitio libre. Me senté al otro lado del pasillo con Sasha, que se pasó la mitad de la clase dándome codazos.

—Bueno, ¿qué opinas? —preguntó Sasha de forma críptica.

Miré con cautela a la señorita Rustford, que aquel día estaba de bastante mal humor, para comprobar que no nos veía hablar.

—¿De qué? —susurré.

—¡De que anoche me lié con Darren!

—¡Sshh! —siseó la señorita Rustford desde el frente de la clase. Acto seguido, volvió a bajar la cabeza para seguir arrasando con su boli rojo los ejercicios de las pobres chicas de primero.

La señorita Rustford era muy dura corrigiendo. Corría el rumor de que una vez le había puesto un nueve y medio a Susanna Forbes, la mejor de la clase, aunque nadie sabía si era cierto.

—¡Eso no me lo habías dicho! —repuse en voz muy baja, después de hacer una pausa, tapándome con la mochila como si buscase un boli.

—Te mandé un mensaje hace cinco minutos. Parecías aburrida.

—He dejado el móvil en Secretaría.

Sasha sacudió la cabeza moviendo sus trencitas postizas y una de las cuentas me pegó de lleno en el ojo. Nuestro debate sobre el móvil se estaba convirtiendo en todo un ritual. Sasha opinaba que tenía que quedarme con el móvil y ponerlo en silencio en las clases en vez de obedecer las reglas del colegio y dejarlo en Secretaría todas las mañanas a la entrada. Según Sasha, no te podías comunicar con la persona que tenías al lado si no era mandándole mensajes al móvil. A ella le encantaba enviar y recibir mensajes durante las clases sin que la vieran, pero a mí me daba miedo que me pillasen y leyesen el mensaje en alto delante de toda la clase. ¿Y si contaba un sueño que había tenido en el que Luke me besaba apasionadamente?

Por el rabillo de mi ojo sano, vi cómo Claudia le decía algo a Poppy en voz baja. Poppy se rió.

—¡Claudia! —chistó la señorita Rustford.

Claudia parecía increíblemente serena cuando la pillaban hablando.

Simplemente se quedó mirando a la señorita Rustford; yo me habría puesto roja como un tomate.

Después de clase, fui a casa de Poppy para pedirle prestado el libro de matemáticas (había olvidado el mío al recoger mis cosas porque estaba embobada pensando en Luke) y la noté rara. ¡Rara! ¡Encima! Debería haber sido supersimpática conmigo después del incidente de los sitios...

—No podemos ir al centro juvenil el viernes —me dijo Poppy.

—¿Por qué? ¿Tus padres van a salir otra vez? —pregunté mientras colaba una pipa de girasol entre los barrotes de la jaula de *Ratón.* Poppy hizo una pausa incómoda.

—No... Es que me han invitado a una fiesta en Lansdowne, Es el cumpleaños de Ángela, la prima de Claudia.

—Ah —repuse, intentando aparentar total indiferencia ante el hecho de no haber sido invitada. Supongo que por eso sólo utilicé aquel «ah».

—Iba a preguntar si podías venir tu también —dijo—, pero es que, claro, como es la prima de Claudia...

—Vale...

—Y no la conozco, así que...

—No pasa nada —dije con un hilo de voz.

—De todas formas, tampoco te dejarían venir —terminó.

¡Ah, claro! ¡Era culpa mía que mi madre nunca me dejase hacer nada...!

Poppy y yo nos miramos en repentino silencio. Siempre habíamos compartido el deseo de que nuestras vidas fuesen más divertidas. Éramos amigas desde hacía años, desde el día en que Ivy decidió que era demasiado mayor para coger el autobús conmigo. Al parecer, sólo había una cosa peor que tener que llevar el uniforme gris y morado del cole, y era llevar de la mano a tu hermana pequeña vestida a juego. Así que, un día, Ivy me abandonó con toda la calma del mundo en la parada del autobús, y ese día conocí a Poppy. Desde entonces habíamos sido inseparables. A menos que nuestra amistad hubiese sobrevivido únicamente por conveniencia...

—¿Ese pasador es nuevo? —pregunté, intentando ignorar el nudo del estómago. Lo había visto en un escaparate hacía unos días. Yo también me lo habría comprado si lo hubiera visto rebajado al noventa y cinco por ciento.

—¡Me lo ha regalado Claudia! Se compró dos, y luego uno no le gustaba mucho, así que me lo dio. ¿A que es una pasada?

—Sí. Es genial —mentí.

—Es tan generosa...

Me salvé de tener que hacer un comentario al respecto gracias a que sonó su móvil. Envió un mensaje, sonriendo, Yo miré fijamente a *Ratón* para demostrar mi total ausencia de curiosidad por saber con quién se escribía. Sabía de sobra que esa fiesta con Claudia no iba a suponer el final de nuestra amistad, pero me daba rabia; al menos, cuando me quedaba en casa los viernes por la noche leyendo el horóscopo, Poppy estaba allí conmigo...

Cómo conseguir amigos e influir en los demás

El miércoles, en clase de literatura, leímos un poema genial de Robert Browning que se llamaba *El amante de Porfiria,* que trataba de un tipo que estrangulaba a una chica con su propio pelo. Tuve la tentación de hacerle lo mismo a Claudia y luego echarle la culpa a la literatura cuando la policía me interrogase. Si lo pensaba objetivamente, Claudia era una falsa y una estúpida. Me parecía increíble que no perdiese el equilibrio de tanto sacudir la melena a un lado y a otro; era como ver un anuncio de champú a cámara rápida. ¿Qué podía aportar Claudia a una amistad? Aparte, claro está, de invitaciones a fiestas, trucos de seducción, revistas que ya no quería con las muestras gratuitas todavía dentro, pasadores monísimos...

Todo aquello era un poco irritante y estaba concentrada sólo a medias en los debates sobre el viaje a la nieve.

Preguntas sin respuesta de la clase de 3.º sobre el viaje a la nieve

1. *¿Serán guapos los instructores de esquí?*
2. *¿Habrá algún grupo de chicos de bachillerato en nuestro albergue?*
3. *¿Será verdad que en Francia se toma vino en todas las comidas, incluso en el desayuno?*

La pregunta más importante, al menos para mí, era: ¿qué pasaría si Poppy y Claudia pasaban el viaje juntas? Era algo que cada vez parecía más probable. Volvieron a sentarse juntas en sociales, lo que acabó con mi esperanza de que el cambio de sitios se limitara a la clase de francés o que tuviera algo que ver con las diferencias de nivel en el francés oral (yo era bastante mediocre, mientras que Claudia era muy buena; claro que ella tenía raíces latinas, lo cual era claramente trampa).

Respiré hondo y me senté al otro lado del pasillo seguida por Sasha, que entendió la situación sin mediar palabra y se sentó a mi lado.

La señorita Vine entró en la clase, nos dio las buenas tardes y se puso a borrar la fecha de números gigantescos que alguien había escrito en la pizarra blanca con rotulador verde. Todo el mundo siguió hablando.

—Dios mío, creo que mi asistenta tiene esa falda —dijo Claudia con cara de asco, señalando a la señorita Vine.

—Ni siquiera la señorita Rustford se pondría eso—, repuso Poppy. Pensé en algo lo 'suficientemente mordaz como para sumarme a la conversación.

—¡La tela es como la de la tapicería del autobús del cole!

Poppy se rió y se giró hacia mí. Me sentí bastante mejor, A lo mejor Claudia se sentaba a su lado sin preguntar y Poppy se aburría muchísimo...

—Holly, ¿te acuerdas de aquel día en segundo? —consiguió preguntar Poppy muerta de la risa.

—¿Qué día? —dije intentando dejarle claro a Claudia la cantidad de días divertidos que habíamos compartido Poppy y yo. Y porque no sabía a qué día se refería.

—El día que... —Estaba colorada de tanto reírse.— El día que llamaste *mamá* a la señorita Rustford sin querer.

Poppy y Claudia se echaron a reír en voz alta y la señorita Vine les mandó callar; ellas no podían parar y parecían encantadas con el chiste. Luego vi cómo Claudia escribía un mensaje con el móvil por debajo del pupitre. Un segundo después, Poppy pegó un pequeño salto en la silla y se rió de nuevo. Cuando la señorita Vine no miraba, sacó su móvil del bolsillo de su chaqueta, donde debía de estar vibrando. No podía creerlo, Poppy siempre dejaba el móvil en Secretaría por la mañana, mientras que Claudia siempre fingía haberlo olvidado en casa para no entregarlo. Parecía que ahora Poppy también se hacía la despistada. ¡Pero Poppy no podía tener otra «mejor amiga»! ¡Maldita sea, si hasta habíamos hecho juntas nuestros propósitos de Año Nuevo!

Al final de la clase, la señorita Vine anunció que teníamos que hacer un trabajo por parejas que duraría todo el siguiente trimestre. Aquello me convirtió en la pareja de Sasha para un trabajo sobre el uso del coche en el ámbito urbano. Lo cual se traducía en dejar que Poppy y Claudia pasaran más tiempo juntas mientras Sasha quedaba con Darren y yo vagaba sola por las calles de mi barrio contando los Ford Fiesta.

Quería preguntarles a Poppy y Claudia si podía unirme a su grupo, pero sabía, aunque me fastidiara, que aquello no tenía ningún sentido. ¿Era sólo yo o el mundo entero funcionaba en múltiplos de dos? Deportes de familia de cuatro jugadores. Dos habitaciones decentes en una casa: una para Ivy y otra para Jamie. Dos personas por proyecto. En casa ya estaba acostumbrada, pero ahora me sentía marginada también en el colegio.

Cuando sonó el timbre, Sasha me tiró de la manga.

—Holly, ¿ves la bola del mundo que tiene la señorita Vine en su mesa?

—Sí —contesté sin mucho ánimo.

—¿Quieres que se la tire a Claudia a la cabeza?

A veces, Sasha es un auténtico cielo.

Aunque la semana se había enrarecido de repente, ni Poppy ni yo habíamos alterado nuestra rutina diaria, consistente en coger juntas el autobús. No nos tirábamos los libros del colegio a la cabeza todavía ni nada por el estilo, pero es que la otra opción era ir a clase andando.

El jueves me animé un poco, porque coincidimos con Luke de vuelta a casa. Estaba en la parte de abajo del autobús, atrás del todo, un oasis de belleza envuelto por un halo desenfocado y romántico (aunque también podía ser alguien que estaba fumando a escondidas). Poppy y yo tuvimos que quedarnos de pie en el pasillo del autobús, ya que no había sitios libres, pero aún podía ver el pelo negro y rizado de Luke entre la muchedumbre de renacuajos de primero con sus gigantescas mochilas. Se me ocurrió que podía quitarme la trenca morada, tirarla en la rejilla para el equipaje y abrirme paso hasta él a cámara lenta, pero me agarré a una barra para frenar mi impulso.

Cuando el autobús estaba acercándose a nuestra parada, Luke se levantó y nos quedamos el uno junto al otro al lado de las puertas de salida, sólo que la puerta de mi lado se atascó y tardó más tiempo en abrirse. Si no hubiese sido por eso, podría haber dicho que había bajado del autobús con Luke, ¡y habría sido cierto!

Mi padre tiene razón cuando dice que el transporte público es una basura.

* * *

No me habría venido mal ver a Luke el viernes para animarme, pero no apareció. Me senté con Charlotte en francés para demostrar que no me importaba lo más mínimo la traición del cambio de sitios, y deslicé el móvil en mi regazo. ¡Claudia no era la única que podía romper las reglas así como así! Había dicho en Secretaría que me había dejado el móvil en casa para poder enviarle mensajes a Poppy. Sin embargo, recordé con una punzada de rencor que era el día de la dichosa fiesta, lo que significaba que Claudia y Poppy estarían planeando la noche y no tendrían ningún interés en hablar con nadie más.

Poppy se giró y me sonrió desde su sitio junto a Claudia, pero yo sólo conseguí una sonrisa poco convincente con los dientes apretados. Así que me puse a escribirle a Sasha.

«Hs empzado socials?», escribí con esfuerzo. Mi móvil no tenía la función de texto predictivo, y tardaba años en escribir un mensaje. La respuesta llegó ultrarrápida.

«Q había d socials?».

«Da =», escribí y le di a Enviar.

«Ahora mandas sms n clase?».

Contesté con una carita sonriente: «:–)» .

Sasha contestó: «Ese es el pasador?».

Sentí una oleada de disgusto compartido que me reafirmó en mi enfado. Miré hacia donde estaba la señorita Rustford, que estaba ocupada escribiendo algo ilegible en la pizarra, y me puse a teclear: «Hay q estar cmo 1cabra xra ser amiga d C! jaja». Añadí otra carita sonriente, y luego me paré a pensar qué símbolo podría usar para poner una cara de asco auténtico. Desgraciadamente, antes de decidirme una sombra se dibujó en mi pupitre.

—¡*Mademoiselle* Stockwell!

Ay, no. Miré hacia arriba. La señorita Rustford estaba de pie junto a mi pupitre. Aquello de *mademoiselle* nunca era buena señal.

—Deme ese teléfono, por favor —dijo con voz gélida.

Miré alrededor y pensé cuánto odiaba meterme en líos. ¡Todo el mundo te mira! Ésa es la razón principal por la que estudio para los exámenes y hago los deberes. Si eres medianamente buena en el colegio, te ahorras el que los demás estén pendientes de ti. Mi única esperanza era que la señorita Rustford tuviese piedad e ignorase por un día las normas y me llevase sólo una pequeña reprimenda por ser la primera vez, en lugar de leer el mensaje en voz alta... Desgraciadamente, mi esperanza se había ido con mi ángel de la guarda de vacaciones a la playa. Todas las demás me miraron con creciente interés cuando la señorita Rusrford empezó a leer, con voz deliberadamente lenta y cadenciosa, el odiado mensaje:

—«Hay que estar como una cabra para ser amiga de C... ».

Sentí que me subía la fiebre cuando Poppy y Claudia se giraron hacia mí, perfectamente sincronizadas, con la sorpresa y la rabia pintadas en la cara.

La señorita Rustford se quedó mirándome sin mover ni un músculo, y ni siquiera se molestó en leer el «ja, ja».

—¡*Mademoiselle* Stockwell, este teléfono queda confiscado!

¿Quién decía que los catorce años eran una edad maravillosa?

Cien años de soledad

Me he dado cuenta de que mi idea de abolir los lunes es un error fatal. El martes se convertiría en el nuevo lunes. Lo que habría que hacer es que todos los días de la semana fuesen sábado o domingo, para no tener que sufrir el despertarse por la mañana y pensar que hay que ir al colegio. Estoy segura de que a los ministros también se les ha ocurrido alguna vez, pero no se lo han tomado tan en serio porque ellos no tienen que enfrentarse todos los días con gente como Poppy, Claudia o la señorita Rustford. Sasha no me sirvió de mucha ayuda aquel fin de semana, que me pasé sentada en las escaleras de mi casa con la cabeza entre las manos, preguntándome una y otra vez por qué habría escrito aquel mensaje.

—Bueno, no te preocupes. Tú diles cómo te sientes —dijo Sasha, que era una gran partidaria de decirle a la gente lo que sientes.

—¡Pero yo no quiero que sepan cómo me siento! —protesté—. Yo sólo quiero que las cosas vuelvan a ser como antes —odio esa sensación de guerra declarada, me hace sentir incómoda y mal. Yo sólo quería mi vida de vuelta.

Aquel lunes, Poppy y yo hicimos nuestro habitual trayecto en autobús, sólo que acompañadas por nuestras dos nuevas amigas: Tensión y Traición. Yo quería decirle algo sobre su comportamiento, pero tampoco quería empeorar las cosas y liarlo todo aún más, así que me pasé el camino leyendo, y eso que si leo en el autobús me mareo. Poppy tampoco hizo muchos amagos de iniciar una conversación, a menos que fuera para dejar caer un comentario sobre lo fantástica que era Claudia, y cuántas historias le contaba, y que qué bien que la dejasen ir a cualquier parte siempre que quisiera. Me negué a preguntarle a Poppy por la fiesta del viernes. Me lo podía imaginar: un fiestón por todo lo alto lleno de chicos guapos en el que Claudia y Poppy se lo pasaron en grande: se desmelenaron, se emborracharon, se quedaron embarazadas o cualquier otra cosa que, sencillamente, no te puede suceder si te pasas la noche del viernes en tu habitación buscando calcetines perdidos debajo de la cama. Ni siquiera podía escribirme mensajes con Sasha para demostrar que tenía más amigas, ya que la señorita Rustford me había confiscado el móvil una semana entera. Estoy segura de que eso atenta contra los derechos humanos del adolescente. Que yo sepa, ni siquiera está en las normas del colegio, lo cual demuestra lo monstruosa que puede llegar a ser una persona.

Cuando bajamos del autobús, Poppy se giró con mirada acusadora.

—¿Has ido diciendo por ahí que Luke y tú visteis la puesta de sol desde lo alto de una colina nevada?

—¡Claro que no! —repuse. En nuestra clase no se puede decir nada sin que se saque de quicio. Y además, ¿qué tenía que ver Luke en todo esto?

—Claudia oyó cómo se lo decías a Rashida, con esas mismas palabras —dijo escudriñándome mientras entrábamos en el quiosco a por nuestra dosis diaria de chocolate—. Justo después de que todas viesen mis fotos del móvil.

—Era una broma con Sasha —repuse con las defensas cada vez más débiles—. Sí que pasé un rato con Luke en la nieve.

—Holly, os tirasteis colina abajo en bolsas de basura. Una vez.

—¿Y si eso fue algo importante para él?

Poppy me fulminó con la mirada. Suspiré y aposté por poner las cartas sobre la mesa de la forma más honesta posible.

—Entonces, ¿me odia?

—No —contestó Poppy mientras una melodía polifónica empezaba a emanar de su teléfono a un volumen altísimo—. Pero piensa que eres rara. ¡Hola, Clau!

¿Rara? Hasta el quiosquero se estremeció cuando lo dijo.

Sabía de sobra que Poppy estaba molesta por lo del mensaje pero, aun así, se había pasado. Ya no estaba segura ni de que me cayese bien; tenía la impresión de que estaba comportándose de forma horrible conmigo, y además adrede, como si hundirme en la miseria fuese divertido. Unos días antes todo estaba bien, y en un instante el mundo entero se había derrumbado a mis pies. Quería decir algo, pero mantuve la boca cerrada. Poppy ya pasaba mucho tiempo con Claudia. No me apetecía empujarla a pasar más tiempo todavía con ella. Así que simplemente lo ignoraba, y cuando todo aquello acabase sería como si no hubiese ocurrido nunca.

Justo cuando pensaba que las cosas no podrían ir a peor, me tropecé con el bordillo y me caí en plena calle. Dos niños se rieron de mí a carcajadas.

* * *

Diez días más tarde, la vida me parecía tan insegura como un baño público con el pestillo roto. Creía que ya era suficientemente horrible ver cómo Poppy y Claudia se mandaban mensajes, se reían y planeaban misiones secretas juntas, mientras yo fingía estar concentrada haciendo esquemas o copiando el vocabulario (lo cual era bastante difícil de fingir).

Pero las cosas podían ir aún peor. Un miércoles por la mañana, Poppy y Claudia se sentaron detrás de mí en clase de informática y se pusieron a hablar en voz lo suficientemente alta para que las oyera.

—¿Le decimos ya la mala noticia o esperamos a más tarde?

Yo me hice la sorda, como mi madre cuando Jamie le pregunta si hay patatas fritas, y seguí con mi ejercicio de mecanografía. La señorita Stevenson se empeña en mandamos mecanografiar como si fueran los años cincuenta y de mayores todas quisiéramos ser secretarias. Sasha lo odia, porque se le da fatal y saca unas notas pésimas, pero a mí no me importa; me gusta poder escribir deprisa sin mirar a la pantalla. Es hasta útil, porque cuanto antes termines el ejercicio, antes puedes dedicarte a mirar tu cuenta de correo o cabrearte con Poppy y Claudia. Estaban consiguiendo que deseara con todas mis fuerzas ser una superheroína. No como Jamie cuando salta de las escaleras para ver si vuela (aunque estoy de acuerdo en que volar tiene que ser genial), sino por lo de tener una identidad secreta y luchar contra el crimen. Por lo menos podría ir por ahí con aires de *no tengo amigas, pero acabaré con todos los villanos y el bien prevalecerá;* en vez de *no tengo amigas* sin más.

La mala noticia salió a la luz antes de francés. Cuando pasé por donde estaban sentadas, Claudia me tiró de la manga para llamar mi atención.

—¡Hola! —me dijo.

—Hola —contesté con cautela.

Claudia le dio un codazo a Poppy para que participase en la conversación.

—¿Qué tal? —aportó Poppy.

—Bien —contesté yo, aunque en realidad quería decir «bien, aparte de que te has vuelto un monstruo y no te reconozco». Claudia suspiró, miró a Poppy y lo soltó.

—¿Sabes que el viernes me quedo a dormir en casa de Poppy?

Por supuesto que no lo sabía, así que aquello no era precisamente una pregunta. ¿Y a mí no me había invitado? Qué insulto. Miré a Poppy, pero cuando ella estableció contacto visual, aparté la mirada intentando disimular cómo me sentía. ¿Cómo podía hacerme algo así? Ya sé que había escrito ese estúpido mensaje, ¡pero tenía que entender que lo hice porque me sentía herida! Ya sé que nuestra amistad no le canjeaba invitaciones a fiestas emocionantes, amigas de cuarto ni complementos gratis para el pelo, pero hasta entonces siempre habíamos podido confiar la una en la otra.

Entonces, Claudia disparó la auténtica mala noticia.

—Estoy muy contenta porque al fin podré conocer a Luke. Pediremos unas pizzas y veremos una peli todos juntos.

De repente, se me encogió el estómago. No, por favor. ¿Claudia iba a pasar la noche con Luke? Claudia era impresionante: alta, delgada) seductora... Básicamente, lo contrario a mí. Yo soy del montón. Normal. Eso sí, tengo la boca cerrada para no enseñar el aparato.

—¡Qué bien! —mentí, fantaseando con meterle el lápiz por la nariz.

—¿Crees que Luke me dejará ver su videoteca? —le preguntó a Poppy, mientras yo veía con horror por el rabillo del ojo cómo escribía C y L en la mesa—. Siempre he querido ser directora de cine, desde pequeña.

Quería mirar a Poppy otra vez, pero sabía que mostrar cuánto me dolía sería arrastrarme. Pero ¿cómo podía dejar Poppy que todo aquello estuviese pasando? A veces, Poppy hacía comentarios muy embarazosos sobre mí y Luke, pero sabía de sobra que su hermano me gustaba de verdad. En lugar de eso, me reí en voz muy alta de algo que dijo Sasha, que se asustó porque sólo le había preguntado a Charlotte si *recevoir* llevaba tilde.

* * *

Lo más cruel de todo fue que el jueves mis padres me obligaron a ir con mi trauma a verles jugar al bádminton con Jamie, cuando yo habría preferido pasarme la tarde metida debajo del edredón. Mientras mi madre se ponía las zapatillas, estuve tentada de decirle que no quería ir. Ella sabe de sobra que no quiero ir nunca a esas cosas, pero siempre insiste en que los acompañe. Creo que aún piensa que puede inyectarme el espíritu atlético. No quería entristecerla poniendo de relieve el hecho de que uno de sus hijos no tiene ningún talento para el deporte y de que no teníamos absolutamente nada en común, ya que era tan importante para ella, así que fui y me senté en la hierba, a un lado de la pista.

Fui a sacar el móvil por pura inercia, pero entonces recordé:

a) Que me lo habían confiscado.

b) Que no me hablaba con Poppy.

Allí estaba, con los cimientos de mi amistad deshechos, viendo un partido de bádminton. Qué deprimente. Saqué mi cuaderno:

Cosas que me preocupan seriamente en este momento

1. *¿Qué pasará si sigo sin hablarme con Poppy y ella sigue pasando todo el tiempo con Claudia la semana que viene en el viaje a la nieve? No sé cómo voy a seducir a los monitores de esquí sin Poppy al lado dándoselas de experta por lo que le ocurrió con Yves.*
2. *¿Y si Claudia le cuenta a Luke que su madre es actriz y a él eso le parece tan guay que la besa apasionadamente?*
3. *¿Y si acabo tan marginada y sola que tengo que ayudar a la señorita Rustford a repartir fotocopias?*
4. *¿Con quién me voy a sentar en el autobús cuando vayamos a la nieve?*

* * *

Al volver del bádminton, por un momento pareció que todo iba a volver a la normalidad, porque Poppy se pasó por mi casa. Pero sólo venía a recoger la bufanda de Luke. Mierda. En la puerta, abrió y cerró la boca y vaciló un par de veces. Pensé que iba a ponerse de rodillas entre sollozos y disculpas, diciendo que, por supuesto, no iba a dejar que Claudia se acercase a Luke, pero al final no dijo nada. Así que, muy digna, le pedí que me esperase fuera mientras iba a por la bufanda, para mostrarme oficialmente distante. Y para que no viese que la tenía guardada debajo de la almohada, claro.

Más tarde, me puse a ver una peli mientras mi madre hacía yoga.

Desgraciadamente, la película resultó ser romántica y malísima, además de extremadamente deprimente, sobre todo cuando uno de los protagonistas compraba a la chica una tarjeta de San Valentín.

Ay, madre mía. Sólo faltaban unos días para San Valentín.

Me quedé mirando la tele embobada y recé para recibir alguna tarjeta. Pero no conocía a ningún chico, aparte de Luke y el malvado Liam. Y si los planes de Claudia se cumplían, Luke le compraría la tarjeta a ella. Así que, a menos que alguien se hubiese enamorado perdidamente de mí en el autobús, hubiese averiguado mi dirección y me hubiese enviado una tarjeta, no recibiría nada de nada.

—Esa chica debería tener cuidado —le espetó mamá a la televisión.

Mi madre no tiene nada clara la línea que separa la realidad de la ficción—. Seguro que el chico la deja embarazada y luego se va con otra.

Por favor, qué vergüenza. Me extrañó que no añadiera lo de «gracias a Dios que te metimos en un colegio sólo para chicas, ¿eh, Holly?». Nunca me he sentido capaz de hablar con mi madre sobre mi vida privada. Puedo hacer una selección de los mejores momentos de *Los consejos inservibles de mi madre:*

1. *Soy demasiado joven para preocuparme por eso.*
2. *Las amigas que se enfadan por tonterías no son amigas de verdad.*
3. *Tengo que estar por encima de todo eso.*
4. *¿Me he planteado salir a la calle a que me dé el aire? (Éste no viene al caso, pero lo añado como muestra de su insistencia).*

* * *

Viernes por la noche.

Claudia está robándome al único chico que he amado en mi vida. Yo, en cambio, estoy teniendo una apasionante cita con mis deberes de matemáticas.

Hice un esquema en mi cuaderno estudiando la probabilidad de volver a sentarme junto a Luke en el asiento trasero del coche de sus padres. Los resultados eran descorazonadores. Luego intenté ver la tele para no tener que pensar. Pero no paraban de venirme imágenes de Luke besando a Claudia,mientras le decía que le encantaba su pelo suave y sin enredos o que él también quería ser director de cine. Al final, decidí ponerme con el trabajo de geografía. Sasha no lo iba a hacer, y yo tenía que adormecer todo lo posible mi cerebro.

Le dije a mi madre que iba a salir. Ella al parecer no concebía que ninguna adolescente se escabullera para quedar con un chico llevando consigo un libro de geografía y un bolígrafo, porque no me dijo nada.

—Vale. Llévate el móvil por si acaso.

No me atreví a decide que me había quedado sin saldo otra vez después de llamar a Sasha para celebrar que la señorita Rustford me lo había devuelto. En cualquier caso, mi móvil era lo suficientemente grande y contundente como para noquear a cualquiera que intentara atracarme.

Bajé por mi calle y giré en la avenida. Un coche azul, tres rojos, uno amarillo. Listo. Estaba ya casi de vuelta en casa cuando, repasando mis apuntes, me di cuenta de que la señorita Vine nos había pedido que hiciésemos inventario de las marcas y tipos de coche, no de los colores. (¿Por qué? ¿Para qué servía eso?). Así que volví sobre mis pasos. Me paraba junto a cada coche para escudriñar las placas. Un Ford Focus azul. Tres Nissan Micra rojos... ¡Aaahh!

¡Poppy, Claudia y Luke venían por la otra acera!

Me agaché a la velocidad del rayo tras un Nissan Micra, justo a tiempo para que no me pillaran en mitad de mi plan de viernes por la noche: sola, y lo que es peor, ¡contando coches!

Luke llevaba una parka enorme con una tira de pelo en la capucha que le daba el aire de un explorador del Ártico. Iba delante de Poppy y Claudia, caminando bastante rápido. A lo mejor iban a una fiesta... Poppy se había alisado el pelo para ir a juego con el pelo liso y sedoso de Claudia, pero tampoco iba muy arreglada. Claudia, en cambio, llevaba un vestido negro cortísimo con una chaqueta vaquera y unas botas. Ay... ¿Y si iban al cine, o a patinar sobre hielo, o algo así? Cualquiera de esas cosas le daría a Claudia la oportunidad de sentarse al lado de Luke o de agarrarse de su brazo. Claudia patinaba muy bien, pero seguro que sabía fingir que era una patosa.

De repente, Claudia se adelantó y se puso a la altura de Luke, dejando a Poppy sola detrás. Me asomé por un lado del coche para ver mejor, aunque enseguida deseé no haberlo hecho. ¡Claudia había cogido a Luke del brazo! Tenía suerte de que no hubiera trepado a su ventana, ni le hubiera dado un ramo de rosas, ni la llevara en su moto ni cualquier otra de las cosas que estaban en mi lista de fantasías sobre Luke, porque de lo contrario habría cruzado la calle y le habría estampado el libro de geografía en la cabeza.

—¡Me encanta tu abrigo! —le dijo Claudia a Luke.

Sentí que la desesperación se apoderaba de mí. Tuve ganas de correr hacia ellos a cámara lenta, gritando:

—¡Noooooooo! ¡A mí me gusta maaaaás! —(El abrigo, se entiende). No podía verle la cara a Luke porque se había subido la capucha del abrigo, pero seguro que estaba sonriendo pensando en lo adorable/exótica/elegante (marcad todas las opciones que correspondan) que era Claudia. Habían llegado a la esquina, donde estaba el quiosco. En mi acera ya no había más coches aparcados, así que no podía acercarme más.

Hablaron un momento entre ellos y luego Poppy entró en la tienda sola. Ay. ¡Poppy había dejado a Claudia y a Luke solos en un callejón oscuro! ¿Estaba loca o qué? Odiaba no enterarme de lo que estaba pasando, pero lo que más me fastidiaba era que Claudia siguiese agarrada del brazo de Luke.

Tenía dos opciones; quedarme agachada detrás de un coche mientras Claudia me robaba al hombre de mis sueños o irme a casa urgentemente a comerme una chocolatina. Me paré un instante, albergando la esperanza de que Luke echase a correr a toda velocidad, pero no lo hizo. Vagué hasta mi casa en una nube de infelicidad, pensando en lo mal que se sentiría todo el mundo si yo tuviera un accidente y muriese. ¡Todos se sentirían sin duda arrepentidos en mi funeral por no haber sido mejores personas conmigo!

Algo más deprimente de lo normal aquel lunes fue que, además de ser San Valentín, había clase de natación. Mi gorro de baño seguía dejando pasar el agua. Y es que los agujeros se pueden tapar, pero nunca se vuelve a estrenar. Como le pasaba a mi corazón.

Después de un fin de semana bastante horrible, al menos aún seguía de una pieza. No obstante, cuando Sasha llegó a clase de lengua, el único sitio que quedaba libre estaba en la otra punta de la clase, lo cual nos privó de nuestra puesta al día sobre el tema San Valentín.

A mitad de clase, conseguí comunicarme con ella moviendo los labios: «Cero tarjetas». Sasha contestó sin emitir sonido alguno: «Mensaje de Darren», y puso los ojos en blanco.

Susanna Forbes estaba leyendo en voz alta exagerando muchísimo la entonación, poniendo tanto énfasis en los diálogos que cualquiera diría que pretendía terminar el colegio en modo turbo, entrar en Oxford y aprobar el último curso con premio de fin de carrera, todo de una vez y con tan sólo catorce años.

—«Ésa que está pintada en la pared es mi última duquesa»...

Vi cómo Poppy le hacía un gesto de disgusto a Bethan, que estaba sentada a su lado en lugar de Claudia. Me pregunté si habría recibido tarjeta de Jez. En realidad, no me importaba.

Llamé la atención de Sasha y moví de nuevo los labios: «Darren lo está haciendo fatal». Conocía lo suficiente a los chicos (bueno, por lo que había leído en los libros) para saber que incluso habiéndote liado varias veces con uno, aún es demasiado pronto para que te envíe tarjetas y sea romántico. Eso sí, seguro que Claudia había recibido un montón de tarjetas de San Valentín; la miré y me pareció tan tranquila y encantada de conocerse, como siempre. Asqueada, saqué mi cuaderno y repasé una de mis listas:

Cosas para las que no sirven los chicos

1. *Enviar tarjetas de San Valentín.*
2. *Gastarse el dinero en cosas útiles en lugar de comprarse maquetas de coches, botes de pintura, etc.*
3. *Darse cuenta de que el amor de su vida está delante de sus narices, viviendo en su misma calle.*
4. *Comer sin hacer ruido.*

—¿Sasha? —dijo la señorita Mitford, después de dejar leer a Susanna Forbes mucho más rato que a las demás. Sasha puso cara de resignación y empezó a leer.

* * *

En natación me dediqué a luchar contra las ganas que tenía de quedarme sentada debajo del agua, presa de la desesperación. Me había quedado sin tarjeta de San Valentín, sin Luke y sin amigas con las que sentarme en el viaje a la nieve. En cualquier caso, habría sido un poco difícil ahogarme en tres centímetros de agua. En nuestro colegio hay una estricta jerarquía en lo que a la clase de natación se refiere:

Grupo A. *Se les permite bucear por toda la piscina. Saben nadar a mariposa, y luego salen de la piscina tan frescas, como si no les supusiera ningún esfuerzo.*

Grupo B. *Son lo suficientemente buenas como para estar en la parte de la piscina que cubre. Saben nadar a crol y a braza.*

Grupo C. *Obligadas a quedarse donde hagan pie. Se las rodea de todos los flotadores de polietileno que sea posible. Más o menos nadan al estilo «perrito».*

Jo McAllister y yo éramos las únicas que seguíamos en el grupo C desde primero. Las de los grupos A y B se pasaban la clase en la fría y terrible parte honda tirándose de cabeza, mientras que Jo y yo nos limitábamos a pasearnos por la parte de los niños pequeños, apoyadas en el suelo de la piscina, con un manguito en cada brazo. Una vez intentaron meternos en el grupo B, pero nos pusimos manguitos en los tobillos y nos volvieron a mandar al seguro grupo C antes de que terminara la clase.

Jo es un encanto pero, por alguna extraña razón, es amiga de Claudia. Debe de ser porque los padres de Jo las traen a las dos en coche todos los días desde Lansdowne.

Hacia la mitad de la clase, la señorita Mastiff se distrajo porque Claudia (grupo A) casi le sacó un ojo a Rashida (grupo B) mientras nadaba a mariposa, por no haberse quitado un brazalete de plata regalo de un tal Mike (grupo X). Jo y yo nos acercamos al bordillo, aprovechando la ocasión para descansar un rato. La señorita Mastiff me tenía manía porque Ivy era su mejor alumna. No entiendo por qué se tomaba mi falta de habilidad como algo personal... Eso sí, ella nunca nos confundía.

—Necesito un gorro de baño nuevo —dije ajustándome el mío lleno de agujeros. Así, ¿cómo no se me iba a enredar el pelo? Jo nunca tenía problemas con el suyo. Claro que Jo tiene el pelo caoba y rizado, y nunca se le enreda, ni siquiera cuando se lo moja.

—No se ven tanto los parches —me consoló con su dulce acento escocés.

A lo mejor era verdad que no se veían. Jo solía ser sincera.

—No he recibido ninguna tarjeta de San Valentín, ¿y tú? —pregunté, mientras atrapaba el flotador.

—Tampoco —repuso mientras apartaba una tirita usada que estaba flotando cerca de su barbilla—. Bueno, y Claudia sólo ha recibido una.

—¿Una? —dije tratando de disimular mi sorpresa. Seguí con la conversación como quien no quiere la cosa—. Yo pensaba que ella tendría un montón. —Obviamente, tenía mucho cuidado cuando hablaba de Claudia con Jo, pero esta vez quería conseguir información, así que me aventuré a continuar—: No sé, de los de su club de salto, o de los chicos de la fiesta a la que fue el otro día con Poppy, o de...

Jo me miró perpleja.

—¿Te refieres al cumpleaños de su prima Ángela? Yo también fui, y no tuvo nada de emocionante. Los tíos de Claudia estuvieron en la casa todo el tiempo, y ella no paraba de decirle a su prima que aquello era un auténtico rollo.

¡Esto era bastante interesante! Pero todavía tenía que averiguar lo de la tarjeta.

—Y entonces, ¿quién le ha enviado la tarjeta?

—Ah, sí. Pues un vecino suyo, ¡uno que va a la universidad!

Pero... ¿Y Luke? ¿Qué diablos estaba pasando?

* * *

¡Sorpresa! O sea, que Claudia y Luke no estaban juntos después de todo. Al final la cosa había salido mal. Bueno, no total y absolutamente mal —Luke no había empujado a Claudia sobre un montón de estiércol—, pero al menos ni una pizca de su pintalabios había mancillado los labios de Luke. ¡No había habido beso junto al quiosco! Eso me lo contó Bethan después de historia. Cuando Claudia se sentó junto a ella en clase, me di cuenta de que algo había cambiado. Luego, cuando Poppy entró en el aula y las miró, las dos fingieron estar enfrascadas en una conversación. Poppy me vio seguir su mirada y se sentó tímidamente a mi lado. No pudimos hablar ni escribirnos notas porque estábamos en primera fila, pero todo parecía estar volviendo a la normalidad.

Me debatí entre alegrarme por el aparente alto el fuego o mostrarme ofendida para que Poppy supiera cómo me sentía. Lo pensé por un momento y decidí que con eso sólo conseguiría que todo fuese más raro. Lo único que quería era que mi mundo volviese a la normalidad, ¿no?

Y la excursión a la nieve era al día siguiente. Lo mejor sería que me tragara el orgullo; prolongar la discusión sólo supondría arriesgar que el viaje se tiñese de mal rollo, Así que, en lugar de enfadarme, me puse a pensar en la ropa que iba a ponerme al día siguiente.

Inocentes en el extranjero

Después de todo lo que había pasado, tuve que concentrar varios meses de preparativos para el viaje a la nieve en una sola noche. Todavía albergaba la esperanza de conseguir librarme de esquiar pero, pese a ello, estaba emocionada. Después de todo, era la primera vez que iba a salir del país, sin contar alguna isla a la que había ido con mis padres... Mi emoción se vio saboteada por mi madre, que no paraba de entrar en mi habitación con botecitos vacíos para los líquidos. ¡Sí, hombre... ! Yo no me había gastado un dineral en un acondicionador de Body Shop para verterlo después en un antiguo frasco de crema de manos de oferta. Dejó a los pies de la cama una pila de botecitos consistente en:

Un tubo de crema antiséptica.
Tres imperdibles prendidos en una tirita.
Un minicosturero compuesto por dos agujas, un enhebrador en miniatura e hilo negro, gris y blanco.
Un espray para después de hacer deporte.

Lo que yo necesitaba era una barra de cacao nueva para regenerar los labios después de besar a los seductores chicos de cuarto que iba a haber en nuestro albergue. Pero eso no se lo iba a decir a ella.

Me subí al autobús después de que mi madre me diese un inocente abrazo de despedida, que resultó ser una treta para meterme en el bolsillo de la mochila un paquete de toallitas y una cinta de pelo para hacer deporte. No obstante, yo tenía cosas más importantes en las que pensar, como dónde sentarme en el autobús, que siempre es un tema espinoso:

Evitar a toda costa
La parte de delante.
La parte de atrás.

¿Por qué?
Porque ahí se sientan las profesoras (y Susanna Forbes).
Porque está reservada únicamente para las «guays».

Me senté en una zona segura hacia la mitad del autobús, delante de Bethan y Charlotte. Poppy fue una de las últimas en subir, armada con sus pastillas para el mareo y un regalo de cumpleaños que le habían dado sus padres para que lo abriera el último día de excursión. Claudia estaba en la parte de atrás charlando animosamente con *Supertanya*.

¡Y Poppy se sentó a mi lado! Ahora sí que podíamos hablar sin problemas; pero lo que estaba claro era que yo no iba a ser quien empezase. Sorprendentemente, Poppy se puso a hablar de Jez, como si todo fuese exactamente igual que antes. Me contó que había intentado enviarle una tarjeta de San Valentín. Por lo visto, había leído en una revista cómo hacerlo de forma discreta, y le quería haber pedido a una prima suya que vivía en otra ciudad que la echase al correo para que Jez no supiera por el matasellos quién se la enviaba. Pero al final se había rajado y no había hecho nada, lo cual era *demasiado* discreto. Había decidido enviarle un mensaje desde la nieve y durante el viaje teníamos que decidir qué le pondría.

Al principio era todo un poco raro. Me costó bastante actuar de forma natural después de lo extrañas que habíamos estado los días anteriores. Había muchas preguntas que quería hacerle:

¿Cómo pudiste juntarte con Claudia? ¿Qué pasó entre Claudia y Luke?

¿Te has sentado a mi lado sólo porque Claudia no ha levantado la vista cuando has subido al autobús?

Necesitaba que Poppy supiera que me había hecho daño; que Claudia y ella me habían hundido, hasta el punto de que me había perdido un capítulo repetido de *Friends,* lo cual demostraba que estaba muy mal, aunque fuera uno de ésos en los que se pasan todo el rato recordando capítulos anteriores. Pero había más cosas que quería saber...

¿Qué tal van las cosas con Jez?
¿Qué pelis se ha comprado Luke últimamente?
¿Qué camisetas te has traído?

A decir verdad, era genial tener a Poppy como amiga de nuevo. Así que me quedé callada y no dije ni pío.

—¿Qué prefieres —empezó Poppy—, beber sopa de pollo fría en un calcetín que te encuentres en la calle, o beberte cinco cartones caducados de leche?

—Ninguna de las dos cosas —contesté. Estaba entretenida con un juego del móvil, la serpiente, mi juego preferido y el más fácil: consiste en guiar a una serpiente por la pantalla y tienes que coger los *bonus* y evitar que se choque contra las paredes.

—¿Y si tuvieras que hacer una de las dos cosas sí o sí?

—Eh... Leche caducada.

—¡Puaj! —exclamó arrugando la nariz.

—¡Toma! —grité. Era la mejor jugando a la serpiente. El móvil emitió una rudimentaria melodía de felicitación y dio paso a la siguiente fase.

—¿Qué prefieres, chupar el suelo del autobús donde alguien ha vomitado, o tener que sentarte junto a alguien a quien le huela muchísimo el sobaco el resto de tu vida?

—Mmm. Sobaco.

—Aj, qué asco...

Definitivamente, no merecía la pena mencionar a Claudia ni nada que tuviese que ver con ella. Con lo felices que éramos hablando de vómitos y sobacos, ¿para qué iba a estropearlo iniciando una conversación incómoda? Al final, tampoco decidimos qué le escribiría Poppy a Jez en el mensaje, pero nos pusimos a buscar consejos para ligar en una revista.

Después de pasar el Eurotúnel, nos tiramos horas y horas en dirección a los Alpes. Poppy miró unas cuantas veces hacia donde estaba sentada Claudia, pero luego se aburrió y se puso a saludar a los coches y a gritar *Bonjour, garçon!* cada vez que veía a un chico guapo en uno. Cuando la señorita Rustford le pidió con voz cansada que dejase de practicar su francés con los motoristas que pasaban, a riesgo de provocar un accidente, se dio la vuelta y empezó a enseñarles a Bethan y a Charlotte sus fotos del móvil. Pasó rápidamente unos primeros planos de sus dedos de los pies que yo ya había visto, alegando que se las había hecho porque quería ver si los tenía torcidos, y de repente Charlotte dijo: «¿Ésos no son Luke y Claudia?».

Mi mirada se desvió rauda hacia el teléfono de Poppy mientras me daba un vuelco el estómago ante la posibilidad de haberme confiado demasiado rápido. Estaba convencida de que iba a ver una idílica imagen de pareja feliz abrazándose con pasión. De repente, todos los pensamientos sobre Luke volvieron a mi cabeza (los había dejado a un lado desde que pensaba que estaba con Claudia).

Sorprendentemente, la foto era principalmente de Luke, que hacía esfuerzos por apartarse de una sonriente Claudia, con pinta de estar más bien incómodo. Ella, en cambio, hacía lo posible por pegarse a él. Charlotte levantó las cejas y me sonrió. Yo, dando una prueba de madurez, me contuve de mostrar mi regocijo.

* * *

En mi tarjeta ponía *Écote de ski des Montagnes Blanches. Groupe débutante,* que significaba «el grupo de los torpes», en francés. El primer día, la señorita Rustford se llevó a Claudia y las demás que tenían sus propios esquíes a lo alto de las montañas para bajar por las pistas rojas. Todas las demás tuvimos que quedarnos con la señorita Mastiff y los dependientes de la tienda de alquiler de equipos. ¡Y en lugar de contratar a un apuesto instructor de esquí, la señorita Mastiff decidió enseñarnos ella misma! Resultó que había hecho un estúpido cursillo el verano anterior para ser instructora... Cualquiera pensaría que una mujer de su edad tendría cosas más interesantes a las que dedicar el verano, teniendo en cuenta que puede salir sola, o irse de vacaciones con sus amigas. Pues no, y nosotras estábamos bien fastidiadas. Y aún más nos fastidió enterarnos de que no había ningún chico guapo en nuestro albergue, sino que estaba lleno de alemanes como de cuarenta años. Total, nada de chicos, excepto cuando uno de los cuarentones silbó a Claudia por el pasillo. Yo lo sabía porque me lo había contado Bethan. Cuando llegamos, Claudia estuvo dándole la lata a la señorita Rustford hasta que le dio permiso para compartir habitación con las de cuarto. Una amiga de *Supertanya* había fallado en el último momento, así que había una plaza libre. Poppy, Charlotte, Bethan, Rashida y yo estábamos juntas en la misma habitación y no tendríamos que verle el pelo a Claudia. ¡Yupi!

Poppy le escribió una postal a Jez. Iba a mandarle un mensaje al móvil, pero ninguna teníamos cobertura en las montañas. Tampoco es que fuera muy sorprendente; todo aquello parecía del siglo dieciocho. En nuestra zona no había cines ni tiendas de ropa, ni nada divertido que hacer... salvo esquiar. Las habitaciones eran bastante austeras, con cuatro camas viejas y un gran sofá cama por el que nos peleamos como locas (y que le tocó a Poppy porque el último día era su cumpleaños). Y yo que había soñado con calentarme los pies sobre una alfombra blanca de pelo delante de una chimenea crepitante... Eso sólo debe de pasar en las pelis de James Bond.

Tardamos unas tres horas en escribir la postal, porque Poppy no dejó de dar vueltas por la habitación con la postal en blanco en la mano, preguntando una y otra vez si se la debía enviar o no. Me hacía gracia; podía tirarse horas hablando con Jez a toda velocidad y luego se bloqueaba a la hora de escribirle una postal. Yo, en cambio, no era capaz de emitir una sola palabra, preocupada como estaba porque todo lo que dijese fuera perfecto y nada estuviese fuera de lugar.

—Está claro que le gustas —dije—. Claro que tienes que enviársela. Esperaba que Poppy apreciase lo dispuesta que estaba a ayudarla, a pesar de su traición con Claudia. Aún me dolía, pero cada vez que pensaba en ello, las dos vocecitas de mi cabeza se ponían a discutir. ¿Era buena idea sacar todo aquel tema a la luz? Definitivamente, no. Me arriesgaba a tener una gran discusión que me dejase sola y sin amigas. Tenía sentimientos encontrados, así que decidí enterrarlos donde no me hiciesen daño.

—Pero Jez siempre se está metiendo conmigo —repuso Poppy mientras mordisqueaba su boli rosa.

—Ya, pero es un chico —argumenté—. Es... como Gilbert.

—¿Quién?

—Gilbert, de *Ana de las tejas verdes*. En el libro, Gilbert siempre le tira del pelo a Ana y le pone motes. Es su forma de demostrarle que le gusta.

—¿Y al final acaban juntos?

—Sí.

—¿En serio?

—Bueno, al principio no. Pero al final, sí.

Poppy no parecía muy convencida, así que cambié de táctica.

—¿No dice nada sobre esto en tus revistas?

—Sí —se le iluminó la cara y se puso a revolver entre sus cosas hasta que sacó una página arrugada—. «Amor de larga distancia», del número de septiembre de la revista *More.* La colección de revistas de Poppy era increíble; tenía montones y montones apiladas junto a su cama.

—Frases para hacer que se derrita... —leí en voz alta—. Asegúrate de que en vuestro reencuentro salten chispas como en una barbacoa de playa.

Poppy parecía asustada. Inspeccioné sus postales, todas en blanco excepto por las direcciones, que ya estaban escritas.

—¿Tienes alguna de sobra? —pregunté.

Poppy asintió.

—Pues a ver... Yo podría escribirle al adorable de tu hermano... Escribí en la postal en grandes letras rosas con florituras: «Luke, *mon amour.* ¿Cómo estás, *mon cheri?* Lo estamos pasando en grande en los Alpes. Ojalá estuvieses aquí, en mi habitación... *oh, là là*). Besos con lengua, Holly».

Muerta de la risa, Poppy intentó arrebatarme el bolígrafo mientras yo dibujaba un rastro de besos por todo el lateral de la postal.

—Vale, ya lo pillo. Muy gráfico tu ejemplo.

Poppy se puso a rellenar la postal con su esmerada letra: «Hola, Jez, Holly y yo lo estamos pasando genial en la nieve. La comida está muy rica. Nos vemos, Poppy».

—¿Por qué no «Besos, Poppy»?

—Ni hablar.

Dejé la postal para Luke sobre la cama mientras pensaba en lo que me gustaría haber puesto de verdad: «Luke, eres increíble. Gracias por no liarte con Claudia. Por favor, date cuenta de que no soy rara y salgamos juntos. Besos, Holly».

* * *

Poco después no podía pensar en otra cosa que en cómo me dolía todo. Nos levantábamos temprano por la mañana, desayunábamos una *baguette* con un tazón de chocolate caliente (fantástico), y luego subíamos la montaña para tirarnos por la nieve una y otra vez (no tan fantástico).

Una tarde nos dejaron salir a dar un paseo y el conductor del autobús, Peter, vino con nosotras. ¡Sin el autobús! Fuimos a tomar una Coca-Cola a una cafetería, ¡y la señorita Rustford pidió vino! A la tercera copa, pareció incluso que se relajaba un poco.

Todas estábamos alerta por si aparecía algún chico guapo, pero nada. ¡Ni uno! No entiendo por qué se dice que los franceses visten con estilo. Todas las personas que vi llevaban una mochila fluorescente con las dos asas, como si fueran niños grandes. Fuimos a una tienda e hicimos que Poppy se quedase fuera esperando para comprarle algo de chocolate para la última noche, ya que no habría tarta de cumpleaños. ¡Descubrimos que en Francia el Twix y el Kit Kat valen el triple que en Inglaterra! Puede que ésa sea la razón por la que los franceses no estén tan gordos. Seguro que en Italia pasa lo mismo y que los científicos se equivocan al alabar los beneficios del aceite de oliva.

* * *

Lo de librarme del esquí no fue tan fácil como pensaba. Siempre me enredaba en la rutina de vestirnos, negociar quién iba a subir primero por el telesilla y, antes de que me diera cuenta, ya estaba en lo alto de la pista, desde donde se suponía que me tenía que tirar. Lo peor fue el sábado (el último día), porque la señorita Mastiff nos obligó a hacer carreras por parejas. Cinco puntos para quien ganase y dos puntos para la que consiguiese bajar la pista entera sin caerse. ¡Como si fuera tan fácil!

—La voy a liar —le dije a Poppy en la fila, mientras sentía que el pánico se apoderaba de mí—. ¿Cómo le pueden gustar a mi familia este tipo de cosas?

—Lo harás bien. Tú sólo ten cuidado de no caerte sobre los bastones, porque te los podrías clavar y...

—Ay, estamos muy cerca de la primera fila. Yo me voy más atrás.

—¿Pero y con quién voy a bajar yo? —dijo consternada. Todas estaban emparejadas.

—Vale, pues me quedo contigo —decidí. Otra pareja se tiró por la pista y toda la cola se movió un puesto más hacia el horrible destino que nos aguardaba. Vi cómo Poppy miraba hacia donde estaba Claudia—. Yo nunca te dejaría sola.

Poppy trazó un dibujo en la nieve con su bastón y entonces no pude evitar añadir:

—¿Qué clase de amiga haría algo así?

De hecho, podía haber dicho muchas más cosas. Cosas que ya le había dicho en conversaciones imaginarias. Vale que Poppy no se había puesto con Claudia, ¿pero no sería porque Claudia la ignoraba, dado que las cosas con Luke no habían salido bien? ¿Cómo podía estar segura de que no me iba a volver a dejar tirada a la semana siguiente? Me pregunté si no debería haberlo hablado con ella, en lugar de hacer suposiciones y no estar segura nunca de qué era lo mejor. Un sentimiento de injusticia crecía dentro de mí. ¡Vaya que sí! Abrí la boca...

—Poppy... —empecé.

—¿Qué? —contestó percatándose de la seriedad de mi tono de voz.

Pero no pude hacerlo. Primero, era su cumpleaños, y segundo, no quería enfrentarme a todo aquello y provocar una discusión, y mucho menos antes de tirarnos por la ladera de una montaña. Quizá estaba siendo demasiado infantil. Nadie quiere una amiga así, ¿no?

—¡Tengo una idea! —exclamé.

—¿Qué?

Me tumbé en la nieve.

—¡Cúbreme con la nieve para que la señorita Mastiff no me vea!

Estaba inspirada. Era mucho menos probable que la liara si directamente no participaba en la carrera.

—¡Vale, pero cúbreme tú a mí también! —dijo tumbándose a su vez en la nieve.

—¿Qué hacéis? —preguntó Charlotte, girándose para miramos. Poppy se lo explicó y Charlotte y Bethan nos cubrieron de nieve. Creo que fue a Poppy a quien le dio la risa primero, porque me contagió y acabamos las dos casi llorando de la risa. Aquello me hizo sentir estúpidamente bien, como si toda la tensión y la sospecha de las semanas anteriores se hubieran esfumado de repente.

Desgraciadamente, nuestro plan de hacemos invisibles no funcionó.

—¡Vosotras dos! —gritó la señorita Mastiff—. Levantaos y venid aquí ahora mismo.

Me situé a regañadientes en la línea de salida y sentí que me mareaba.

Hacía un día precioso, frío y soleado. El cielo estaba de un azul intenso y brillante, como si alguien lo hubiera coloreado con un rotulador. No quería tener un accidente esquiando y morir. Hay una sencilla razón por la que prefiero las actividades pasivas y relajantes a las activas y peligrosas: cada año tienen lugar numerosos accidentes deportivos, pero, ¿cuándo fue la última vez que alguien tuvo un accidente por comerse un Twix?

—¡Ya! —chilló la señorita Mastiff.

Poppy se deslizó por la montaña, pero mis piernas habían dejado de responderme. La señorita Mastiff se adelantó y yo creí que iba a empezar a gritarme pero, en lugar de eso, ¡me empujó!

Ay, Dios.

Aceleré muy deprisa. Todo pasó tan rápido que ocurrió un milagro: ¡no me caí! Ojalá alguien me hubiese hecho una foto; mi madre habría estado orgullosísima. Antes de que me diera cuenta, ya estaba llegando a la barrera. Hice un rápido resumen mental de lo que había aprendido y me tiré al suelo para frenar. Me quedé allí aturdida, mirando el hermoso cielo azul, hasta que la señorita Mastiff descendió la pista para inclinarse sobre mí.

—Holly, levanta.

—Estoy mareada —repuse.

—Te han aumentado las pulsaciones, eso es todo —me dijo en tono ácido—. Es que has hecho deporte.

—¡Me ha empujado! —exclamé. La señorita Mastiff suspiró y se alejó sobre sus esquíes.

Estaba segura de que podría demandarla por algo así.

* * *

La última noche nos dejaron quedarnos despiertas después de la cena para que Poppy pudiese abrir sus regalos de cumpleaños. Creo que le gustó mucho el gel de ducha de Body Shop que le había comprado yo. Era su favorito. Charlotte, Bethan y Rashida le habían comprado entre todas una caja de bombones y, sus padres, unos vaqueros nuevos y un sobre con dinero. Sólo dinero, sin indirectas. No había una foto dentro del sobre con botas de montaña, bicicletas ni nada por el estilo. Ojalá fueran así mis padres.

En la habitación, nos quedamos todavía hasta más tarde y jugamos a *Verdad o atrevimiento,* que se acabó convirtiendo en una ronda de confesiones en la que todas hablaron sobre los chicos con los que se habían liado y hasta dónde habían llegado. Poppy confesó que Jez le gustaba mucho. Mucho, mucho.

—Pero nunca ha pasado nada —añadió—. Es que somos muy amigos. Una vez me rodeó con el brazo, pero nada más.

—¿Y no te metió la mano por debajo de la camiseta disimuladamente? —preguntó Charlotte. Todas la miramos asombradas.

—¿Toby? —pregunté (Toby es el ex de Charlotte).

Charlotte asintió y soltó una risita.

—En el cine. Yo solté un chillido de sorpresa pero intenté aparentar que me había asustado por la película —tuvo que parar, resoplando de la risa.

—¡Ssssh! —siseó Bethan, que estaba junto a la puerta vigilando por si venía alguna profe.

—Me dijo que creía que se me había colado una palomita por el escote y que estaba intentando encontrarla! —terminó Charlotte.

Cuando llegó mi turno se produjo un silencio sepulcral; yo no tenía ninguna historia que contar. Por fin, Poppy rompió el hielo para contar la historia del primer beso de Claudia. Resulta que estaba en un torneo de esgrima y a todo el equipo le gustaba Claudia, y la ayudaron a ganar. Al final, el joven y guapo entrenador del equipo contrario le dijo que ella era una mezcla de Cleopatra y una chica Bond, y le dio un beso de tornillo.

Poppy y yo éramos las únicas que no habíamos tenido novio todavía. Todo correcto mientras siguiésemos siendo dos, como cuando no eres la única que ha suspendido el examen de mates. ¿Pero qué pasaría si Poppy empezaba a salir con Jez? Aquello tenía que pasar tarde o temprano. ¡Entonces yo sería la única inexperta! (Incluso la vida amorosa de la señorita Rustford parecía estar cobrando vida. Estoy segura de que el otro día llevaba sombra de ojos. ¡Y oí cómo Peter la llamaba «Susan»!).

De repente, todo aquello pasó a un segundo plano.

—¿Habéis visto un par de postales que había aquí? —preguntó Poppy en voz baja—. Estaban escritas con boli rosa. Han desaparecido, estaban al lado de mi cama.

—Ah, no te preocupes —dijo Rashida—. Las he echado yo al correo.

Grandes esperanzas

Algunas veces la gente te dice cosas horribles. Por ejemplo: «¿No te diste cuenta de que llevabas pantalones blancos el día que te vino la regla?». Bien, pues «Las he echado yo al correo» es mucho peor. Rashida vio en el suelo la postal que le escribí de broma a Luke y se le ocurrió echarla amablemente al buzón junto con la de Poppy para Jez. Y encima, le dijo a Poppy que le debía el dinero de los sellos... Mi postal iba camino de Inglaterra, y ahora Luke descubriría que era una loca con ideas de bombero que quería darle besos con lengua, y yo me iba a morir de la vergüenza.

En fin, que estaba un pelín estresada. En el viaje de vuelta encontramos atasco y el autobús empezó a inundarse del aroma del Camembert que todas habíamos comprado para llevar a casa. Claudia se pasó todo el viaje hablando a voz en grito sobre las ventajas de viajar en avión. Pero ni siquiera el molesto tono de su voz consiguió hacerme olvidar todo el asunto de la postal, ¿Y si llamaba a Correos para pedirles por favor que la extraviaran? Cuando paramos en una estación de servicio, llamé a Sasha para pedirle consejo.

—¡Has vuelto! —contestó inmediatamente al teléfono—. ¿Ha sido tan horrible?

—Bueno, un poco. La señorita Mastiff me empujó montaña abajo...

—¡No, el esquí no! Eso ya me imaginaba que te resultaría traumático. Me refiero a Poppy y Claudia y a no hablarte con ellas. Siento no haber estado ahí para mirarlas mal por ti.

Ay.

—No —dije con un hilo de voz, alejándome del grupo—. Poppy y yo somos amigas otra vez: todo se ha arreglado, Claudia ha vuelto con las de cuarto.

—Entonces, ¿Poppy te ha pedido perdón?—preguntó Sasha.

—Bueno, no... Pero ha dejado de ser su amiga, y entre nosotras es todo como antes. Y eso es lo que yo quería.

Sasha hizo una pausa y luego dijo:

—Bueno, pues bien.

Creo que no lo entendía. Sasha y yo somos muy distintas. Es muy importante tener amigas, ¿no? Incluso aunque algunas veces te decepcionen.

En cualquier caso, no podía pensar en eso ahora, con la postal cruzando libremente el país. Intenté no pensar en el asunto durante el resto del viaje, que duró horas y horas debido al tráfico. Poppy y yo nos dedicamos a hacer los tests de sus revistas una y otra vez, haciendo como que no nos sabíamos los resultados.

* * *

Después de una semana superestresante en el colegio, preocupada por la postal y dedicada a evitar las preguntas de mi madre sobre cuánto me había gustado el esquí, me parecía estar atrapada en un universo paralelo. El viernes, la postal llegó por fin y Poppy la sacó del buzón antes de que nadie pudiera verla. Normalmente Poppy es muy despistada (una vez se le olvidó cómo se escribía la palabra «croqueta»: «¿cocreta», «crocreta», «coquetra»? Buscó sus síntomas en Internet, donde se decía que tenía el mal de las vacas locas). No me había sentido tan aliviada desde que me quitaron los pantalones en el centro de jóvenes y luego resultó que lo había soñado.

El viernes por la tarde, la señorita Rustford estaba pasando lista al final de la clase y, de repente, se interrumpió a la mitad.

—¡A la porra! Podéis marcharos. Tengo cosas más interesantes que hacer que comprobar que estáis todas aquí.

Pero lo más importante de todo fue que... ¡por fin, el centro de jóvenes se puso interesante!

Yo estaba muy emocionada por ver a Luke después del viaje a la nieve. Desgraciadamente, se sentó delante porque la madre de Poppy no vino, pero bueno; después me dijo «hola». Parecía que se había dado cuenta (vagamente) de que habían pasado algunos días sin vernos. Genial. Decidí charlar con él sobre el esquí, pero cada vez que preparaba el inicio de la conversación en mi cabeza, me atascaba. Si le decía que me había caído iba a pensar que era patética. Ojalá hubiese un libro sobre este tipo de situaciones para estudiármelo y no meter la pata. Al final, le sonreí y no dije nada. Sin embargo, más tarde, mi vida dio un giro de ciento ochenta grados.

—Seguro que he espantado a Jez con la postal —dijo Poppy, preocupada porque Jez no la miró ni una vez durante la primera hora—. Qué típico de él. Se está haciendo el interesante.

Jez estaba ignorando a Poppy de forma estudiada y haciendo kárate con su amigo Charlie, al que no conocíamos. Charlie era bastante bajito, pero guapo. Más tarde, después de ganar una partida al tenis de mesa, ¡me tiró la pelota! Poppy me miró y me hizo un gesto señalando a Charlie.

—¿Qué —le dije.

—¡Nada!

Jez nos miró interrogante, lo que supuso su primer gesto comunicativo de la noche. Nosotras le devolvimos la mirada con nuestra expresión más inocente.

A última hora, todo el mundo tenía que pasar por la entrada para jugar un partido rápido de fútbol (con sudaderas enrolladas haciendo las veces de portería). Yo me quedé atrás para ver si me libraba cuando Charlie me agarró por el brazo.

—Venga, vámonos de aquí —me dijo señalando hacia la salida de incendios.

Abrió la puerta. Eché un vistazo a mi alrededor para mirar a todos los que esperaban su turno para el fútbol y le seguí hasta el aparcamiento. Me apoyé en la pared, miré al cielo mientras la puerta se cerraba detrás de nosotros y tomé aire profundamente para llenar el silencio. Supongo que por eso fuma la gente. Encender un cigarrillo te mantiene ocupado durante los silencios incómodos.

De repente, Charlie me pasó el brazo por encima.

—Te he visto dudar ahí dentro —me dijo mirándome intencionadamente.

—Eeh... —contesté. ¿No se referiría a que me había quedado atrás para estar a solas con él? Lo mío era más bien aversión total al fútbol...

—Eres guapa —dijo. Y antes de que pudiera darme cuenta, ¡me besó!

Ay, madre.

Fue muy interesante, claro. Mi primer beso. Sólo que fue un poco repentino, y no sonó música en mi cabeza ni nos miramos antes a los ojos, a cámara lenta. (Ya sé que tampoco iba a ser idílico; estábamos en un centro de jóvenes en las afueras de Londres, no en una playa de California). Y supongo que siempre había pensado que sería con Luke...

Mientras pensaba en todo esto, Charlie me metió la lengua en la boca.

Le dio vueltas con fuerza como si quisiese hacerme una limpieza dental. Mi impresión general fue:

1. *No parecía importarle lo de mi aparato. (Bien).*
2. *Besarse era como meterse un globo mojado y desinflado en la boca. (No tan bien).*

Y de lo que dicen en los libros sobre chispas que saltan y fuegos artificiales, nada. Cuando paramos, no sabía qué decir. Deseé haber prestado más atención a los besos de las películas. Aunque, en esos momentos, lo normal es un clásico desenfoque, lo cual no es de mucha ayuda... Retrocedí y dudé un momento, cuando, de repente, ¡Poppy apareció por la salida de incendios! Carraspeó sin mucho disimulo.

—¡Por fin te encuentro! Mi padre está de camino.

Charlie me cogió de la mano y me miró a los ojos.

—¿Me apuntas tu número en el móvil? —me preguntó. Acto seguido, me alcanzó un móvil plateado y diminuto.

¿Por qué no? Tecleé mi número de móvil y, cuando se lo iba a devolver, recordé que casi siempre tenía el teléfono sin saldo o sin batería.

¿Y si ponía también el fijo? Lo escribí, pero dudé antes de darle al OK. No quería que mi madre cogiese el teléfono y respondiese un chico. Aunque, en realidad, siempre era yo la que respondía al teléfono ahora que Ivy estaba en la universidad...

—¿Estás bien? —inquirió Charlie, preguntándose obviamente por qué estaba mirando al teléfono como una tonta. Pensé en explicárselo, pero luego decidí que si lo hacía pensaría que estaba loca.

—Sí, muy bien —contesté. Le di al OK y le devolví el móvil. Hubo otra pausa.

—Déjame tu móvil, que te escribo yo mi número, si quieres —dijo Charlie.

Ah, no. Ni loca le iba a enseñar yo mi móvil viejo y cutre a Charlie. Tuve una inspiración momentánea y busqué algo en el bolsillo para que me lo anotara. Lo único que encontré fue el abono de transportes.

—Te llamo pronto, ¿vale? —añadió, antes de desaparecer por la salida de incendios.

Ya en el coche, Poppy se moría de curiosidad.

—¿Os habéis... *enroulé?* —susurró.

—¿Cómo?

Poppy bajó aún más la voz.

—Que si os habéis enrollado...

Luke se giró en el asiento delantero.

—¿De qué estáis hablando?

—De nada —contestó ella. Se giró de nuevo hacia mí—. ¿Sí o no?

—Sí —contesté en un susurro.

Poppy abrió mucho los ojos.

—¿Y qué tal? —preguntó enseguida.

—¡Ufff!—contesté únicamente.

Poppy no sabía ni qué pregunta hacerme después de eso.

—¿Qué... Dónde... Cómo... Con lengua?

—Con lengua —confirmé.

¡Qué pena que aquello hubiera pasado DESPUÉS de la ronda de confesiones...!

* * *

Me negué a jugar a la PlayStation con Jamie el sábado por la tarde. En cambio, preferí pasarme el día tirada cantando canciones de amor dentro de mi cabeza. Me sentía muy experta y madura. Sólo me preocupaba si me iba a convertir en una promiscua como Claudia (no creo, un chico en una noche no era demasiado, no es como cinco la misma noche). Me llamó Poppy. Me convocó a una *fiesta urgente de pijamas sobre el beso.* Fantástico. Me hizo un billón de preguntas. Le conté cómo Charlie y yo habíamos charlado bajo la luz de la luna, y cómo me había apartado el pelo de la cara antes de unir sus labios con los míos. Poppy estaba muy impresionada, aunque no dejó de interrumpirme para añadir detalles de cómo fue lo suyo con Yves. Ya, pero aquello, aunque no me gustase decirlo, no había sido un beso en condiciones.

La madre de Poppy nos riñó el domingo por la mañana porque la habíamos despertado cada vez que gritábamos *¡ya!* No le explicamos que se trataba de un sistema de medida del tiempo del beso, en el que Poppy cronometraba y yo decía *¡ya!* después de reproducir mentalmente cuánto tiempo estuvimos enrollándonos (dieciséis segundos). Aquello era genial. La semana anterior no le gustaba a nadie. Ahora por fin mi vida amorosa estaba desperezándose. Además, me sentía mucho más segura con Poppy. Los puntos adquiridos por haber besado a alguien me hacían tener material para contar historias y aumentaban automáticamente mi nivel de popularidad. Ya desprendía éxito hacia el sexo opuesto.

Aun así, tenía algunas preguntas:

1. *¿Cómo les iba a explicar a mis padres quién era Charlie si respondían ellos al teléfono?*
2. *¿Había alguna posibilidad de que Charlie creciera unos centímetros para la próxima vez que fuésemos al centro juvenil?*
3. *¿Seguiría siendo válido el abono de transportes aunque estuviera pintarrajeado?*

* * *

El domingo por la mañana, tan pronto como llegué de casa de Poppy, saqué mi diagrama de a-quién-le-gusta-quién y añadí a Charlie. Pero, ¿qué pasaba con el otro círculo que estaba unido al mío? No podía hablar con Poppy de ese tema. Podría perjudicar a mi nuevo y mejorado estatus social, y además ella sabía tan poco como yo de chicos. Así que hice lo obvio para casos de emergencia en la vida real.

—¡Cuéntamelo todo! —gritó Sasha en el teléfono.

Se lo conté (metida debajo del edredón y rodeada de almohadones para añadir secretismo), y luego le expuse mi duda.

—Pero no te llamaba por eso. ¿Qué pasa ahora con Luke?

—¿Luke?

—Me sigue gustando mucho. ¿No está mal salir con Charlie si todavía me gusta Luke?

—Holly, pero si has hablado con él dos veces en tu vida. Con Charlie te has besado. ¡Con lengua!

—Umm.

Sasha suspiró.

—Puede que lo tuyo con Luke sea como con un famoso. En plan... que sabes que es poco probable que pase. Y además, bueno, es que a Luke... ¡ni siquiera le gustó Claudia!

Lo pensé un momento y decidí que tenía razón. Algo raro le pasaba a Luke, ¡Charlie era mi novio de verdad! Bueno, mi medio novio. Todavía no me había llamado, aunque el viernes dijo que me llamaría *pronto.* ¿Sería una mala señal? Se lo dije a Sasha a ver qué opinaba, pero ella tampoco sabía qué era exactamente *pronto,* ni siquiera después de repetirle la frase entera. Debatimos sobre si me mandaría un mensaje en lugar de llamarme, pero Sasha hizo la inteligente observación de que Charlie no había dicho «te *escribo* pronto», sino «te *llamo* pronto».

Entonces se me ocurrió que a lo mejor estaba intentando llamar, así que colgamos.

Los hombres son de Marte, las mujeres de Venus

A veces, alucino con mi familia. El jueves (casi una semana después del beso), sonó el teléfono.

—Hola, quería una pizza margarita y dos Coca-Colas —dijo una voz al otro lado—. Ah, ¿y qué sabores de helados tienen?

—Se ha equivocado —contesté, resistiendo la tentación de brindarle un consejo nutricional (hay que comer sano, aunque está claro que el chocolate es irresistible). Cuando me acababa de sentar en el sofá, el teléfono volvió a sonar. Otra vez. Volví a la entrada como un rayo.

—¡Aquí no vendemos pizzas! —enuncié con voz clara, como si estuviese hablándole a un niño pequeño.

—¿Holly?

—Ay... Eh... Hola, Charlie.

—¿Cómo es que no me has llamado? —preguntó ignorando mi grito trastornado del principio.

—Eres tú quien no me ha llamado —repuse ligeramente enfadada.

—Sí. Ayer. A este número. Tu madre me dijo que te daría el recado.

¿Perdón?

—Bueno, quería preguntarte si te apetece que quedemos mañana por la tarde.

—Sí; vale. Genial —contesté. ¡Una cita! Quedamos en vernos en el centro. Qué emocionante... Podríamos ir al cine, y me pasaría el brazo por los hombros, y podría decir que tenía un novio de verdad. Pese a la emoción, estaba dándole vueltas a cómo había sido la tarde anterior. Yo había llamado a Sasha, pero eso fue todo. Mi madre no me había dicho que Charlie había llamado. ¿Y si no me lo había querido decir porque era un chico? ¿Y si...?

—Te veo mañana entonces —dijo Charlie.

—Perdona, estaba... —Pero él ya había colgado.

Mi madre se encontraba en la cocina intentando matar una mosca con uno de los folletos de mi padre para salvar a los animales en peligro de extinción.

—Mamá, ¿me llamó alguien ayer?

Se detuvo un momento. Viéndose libre, la mosca zumbó feliz hasta el tarro abierto de mermelada que había sobre la encimera.

—A ver, déjame pensar... —arrugó la nariz en señal de concentración—. No, no te llamó nadie aparte de Charlotte. Te avisé, pero dijiste que ya la verías en el colegio, por si no queríamos que bloquearas mucho rato el teléfono —dijo mientras retornaba su competición contra la mosca—. Estaba como poniendo una voz tonta.

Ay, espera.

—¿Quién... Quién te dijo que era? —pregunté con cautela.

Plaf. Mi madre atrapó por fin al insecto, que en la recta final había estado intentando salir por la ventana, chocándose una y otra vez contra el cristal.

—Pues ya sabes, no entiendo por qué no pueden usar los nombres tan bonitos que les pusieron al nacer —contestó, ausente—. Que si *Pop,* que si *Charlie.* Sus pobres padres tienen que estar desesperados.

¡Ahhh!

* * *

Veinticuatro horas después, ya era oficial. Había experimentado (y había sobrevivido) a Mi Primera Cita. ¡Incluso aunque mi madre hubiera confundido a Charlie con Charlotte! Y Charlie me mandó un mensaje al móvil mientras iba en el autobús de vuelta a casa. Lo releí tantas veces que hasta me pasé de parada. Decía: Hols, Hol. Gracias x sta noxe. Bs, C.

¿Era cosa mía o resultaba un poco corto? ¿Y qué era aquello de «C.»? Supuse que sería como Jez, que en realidad se llama Jeremy. No obstante, no estaba muy segura de que la cita hubiese sido un éxito. Decidí analizarla en mi cuaderno:

Cita ideal

Empieza con una madre moderna que te dice adiós con la mano desde la puerta.

El chico propone ir al cine. La chica acepta y se sientan a oscuras a comer palomitas y a enrollarse.

Deslumbrar al chico con una conversación brillante.

Encontrarte con gente del cole y que te miren con envidia.

Posterior cena en un restaurante (el chico invita).

Cita real

La cita se traduce a un idioma aceptable para mi madre (ejemplo: le digo a mi madre que voy al centro juvenil). Acepto la propuesta de Charlie de ir a patinar sobre hielo para que no piense que soy rara. Me callo mi opinión de que patinar sobre hielo es una chorrada que no implica más que dar vueltas alrededor de un círculo de agua helada, y todo para caerte continuamente y correr el peligro de que alguien te rebane los dedos de las manos con sus cuchillas aerodinámicas.

Silencios incómodos interrumpidos por mis intentos de preguntarle a Charlie cuáles son sus aficiones, y a continuación gritar y caerme en el hielo.

Encontrarte con niños pequeños que se ríen descaradamente de tu habilidad nata para el patinaje.

Coger el búho de vuelta a casa. No se da la oportunidad de que el chico invite ya que dispones de un (aparentemente válido) abono de transportes.

Desafortunadamente, ni tuvimos la oportunidad de dar la nota cuando el trauma del patinaje había pasado y llegó la hora del apasionado beso de despedida. En cuanto empezamos a hablar, llegó mi autobús.

—¿Lo has pasado bien? —me preguntó mientras nos dirigíamos hacia la parada.

—Ha estado genial—mentí. No habría sido de buena educación decirle que habría preferido ir al cine.

—¿De verdad? No estaba seguro de si...

—¡Deberíamos quedar otra vez! —le interrumpí animada.

—Eh... Vale, te llamaré —Charlie, en cambio, no parecía convencido.

Pensé que lo mejor sería asegurarme.

—¿Al fijo o al móvil?

—Eh... Todavía no lo sé —contestó indeciso—. ¿Es muy grave que no lo sepa?

Ay. Todo aquello era culpa de Sasha. No me había ayudado lo más mínimo cuando le dije que necesitaba practicar lo que iba a decir. Había dicho que creía que no hacía falta. «¡Es que nunca he tenido una cita antes —le había dicho—. ¿No tengo que prepararme? No sé, mostrarme interesada por las cosas que le gustan, o algo así, ¿no?». Sasha me contestó: «Es un chico, no un amigo francés por carta».

Era irónico que aunque mi madre se habría emocionado muchísimo al enterarse de que había patinado sobre hielo, yo no pudiera decírselo. Mi doble vida me abrumaba; enseguida entendí cómo debía de sentirse Superman.

* * *

El miércoles siguiente vi a Luke en el autobús del cole y me derretí por un instante, pero luego recordé las sabias palabras de Sasha y descarté todo pensamiento. Resultaba obvio y cierto que era poco probable que pasase algo entre nosotros. Y además, ahora tenía a Charlie. Aunque no me había llamado después de la cita. Un solo mensaje de móvil significa tanto para una chica... ¿Sería que su casa era tan grande que no encontraba el móvil? ¿Y si le llamaba yo? Pensé en mandarle un mensaje (que da menos miedo), pero no podía recargar el teléfono hasta el sábado, cuando me dieran la paga.

Lo que yo necesitaba era algún sitio donde todo esto estuviera bien explicado. Me acordé de que el año anterior habían presentado en el colegio una línea de teléfono de «ayuda al menor», para que cualquiera que tuviese algún problema pudiese llamar. Sasha me llamó y le pregunté si tenía el folleto, pero ella repuso que «ayuda al menor» era para gente sin hogar o que estaba pensando en suicidarse. Sasha creía que no debía llamar a Charlie, y que si él me llamaba tenía que fingir que no estaba en casa o que tenía cosas que hacer. A mí me sonaba todo demasiado complicado, y además Charlie sí que tenía cosas que hacer. Veía a su padre una vez cada quince días, y muchas veces tenía que ir a arreglar el camino de entrada al campo de sus tíos. No sé cómo tenía tiempo para dormir, y mucho menos para tener novia. Sasha me dijo que tenía que dejarme porque había quedado con Darren, y que en realidad me llamaba para preguntarme por las hojas de cálculo (porque no había atendido en clase de informática, no porque de repente estuviese interesada en ellas).

Pensé por un momento en llamar a Poppy para tener una segunda opinión, pero decidí que ella tendría tan poca idea como yo. Además, aún era un poco reticente a hablar con ella del tema. ¡Se mostraba tan interesada y tan impresionada conmigo desde lo de Charlie! Quería que pensase que todo iba bien. Antes, siempre podía contarle cualquier cosa a Poppy, pero desde lo de Claudia había empezado a valorar antes las cosas; tenía que ser más segura y aprender a manejar las cosas yo sola. Así que en lugar de llamarla, preferí confiar en un método científico e imparcial. Si la bola de papel entraba en la papelera, significaba que Charlie estaba loco por mí y que tenía que llamarlo.

* * *

¡Eureka! Sólo tuve que recolocar un poco la papelera. (Quizá debería tirar más a canasta en lugar de quedarme a un lado con mi peto de alero en los partidos de baloncesto). En cualquier caso, llamar a un chico a escondidas desde el fijo no era factible en mi casa. Tuve que tirarme varias horas haciendo acrósticos con los nombres de mis amigas para clase de lengua (Sasha se convirtió en Selenita Avanzada con Sibaritas Haciendo Amigos, y Claudia, en Cara de Lechuga Amarga Ubicada Donde Irradia Azufre). Por fin, mi madre decidió irse a casa de la vecina.

—Voy a ver a la señora Heathfield. Papá está fuera arreglando el trampolín de Jamie, así que no estás sola, ¿vale? —dijo como si pensara que me iba a poner a pintar las paredes mientras ella estaba fuera—. Cuando vuelva, nos vamos todos a ver el partido de Jamie.

Deduje que *todos* significaba que yo también tenía que ir.

—Hasta luego cocodrilo —canturreó mi madre. Yo la miré impasible—. No pasaste de caimán... —terminó, sin inmutarse, y se fue trotando enfundada en su chándal lila. Nadie de mi familia tenía ni idea de lo que estaba pasando en mi cabeza. Aunque todo había cambiado, cuando me sentaba a cenar con ellos tenía que seguir escuchándoles hablar de sus marchas de quince kilómetros. ¿Cómo era posible que no se diesen cuenta? Yo me sentía como si llevase escrito en la frente en grandes letras rojas: «me han dado mi primer beso».

Me escabullí hasta el vestíbulo y marqué intrépida el número de casa de Charlie. (Si llamo a móviles desde el fijo, mi madre me persigue con la factura detallada del teléfono repitiendo una y otra vez con voz agónica: «¡Cincuenta céntimos el minuto!»).

—¿Dígame? —contestó de inmediato una voz con acento superpijo.

—¿Está Charles, por favor? —contesté con tono educado.

—¿De parte de quién?

—Soy Holly —¿qué pasa, es que le llaman muchas chicas? La madre de Charlie parecía divertida. Pija y divertida, una combinación un poco peligrosa.

—¡Chaaaaarlie! ¡Es para tiiiiii!

Tras un largo silencio, el teléfono cobró vida de nuevo.

—¿Sí?

—Hola. Soy yo, Holly. Eeh... Llamaba para decirte hola.

Ay, Dios mío. Aquello era peor que un examen oral de francés. ¿Por qué no habría escrito lo que iba a decir?

—Eh... Lo siento, Holly, ahora no puedo hablar... La cena está lista.

Estaba pensando en algo normal que decir cuando oí cómo mi madre giraba la llave en la cerradura y tuve que improvisar.

—Vale, gracias por llamar, Sasha, ¡Adiós!

En fin. Pero bueno, misión cumplida. ¡Había tenido una conversación telefónica con mi novio!

El fin de la aventura

Me gustaría saber cómo es posible que la vida sea maravillosa y que, de un momento a otro, todo se convierta en un montón de mierda de elefante. El viernes empezó con mal pie cuando en natación la señorita Mastiff se percató de que Jo y yo nos dedicábamos a hacer como que nadábamos hasta que pasaba la hora. Apuesto a que Susanna Forbes se chivó. La señorita Mastiff nos obligó a unirnos al resto de la clase para tirarnos de cabeza en la parte honda. A pesar de ser bastante desagradable, tirarse de cabeza no es difícil. Sólo hay que dejarse llevar por la fuerza de la gravedad. En cambio, volver a nadar hasta la superficie debería estar considerado deporte olímpico. Yo, en lugar de elevarme grácilmente como todas las demás, siempre acababa flotando sin ningún tipo de elegancia en mitad de la piscina como un fardo enfundado en un bañador de chica.

Después de clase, fui a casa de Poppy y jugamos otra vez a decir *¡ya!* para calcular el tiempo del beso (aunque esta vez ya no me acordaba bien, y lo hice un poco a voleo). Sasha me llamó mientras iba hacia mi casa y me dijo que no me preocupase por la conversación telefónica con Charlie. Parece ser que los chicos sólo utilizan el teléfono para quedar o para chulear de algo, mientras que las chicas lo consideramos una extensión de nosotras mismas y nos tienen que arrancar del auricular para comer, dormir, etcétera.

Cuando llegué a casa, Jamie anunció con retintín que Me Había Llamado Un Chico. Justo un segundo después, sonó el teléfono de nuevo.

—¡Hola! —contesté, segura de mí misma porque Charlie llamaba por segunda vez.

—Holly, tenemos que hablar.

—Vale... —vacilé.

—Creo que es mejor que seamos sólo amigos.

¿Sólo amigos? ¡Eso, traducido, significaba que no quería ser mi novio! No se me ocurría nada que decir sobre aquello, así que solté un: «¡Muy bien!», y colgué el teléfono toda digna.

¡Lo sabía! No me tenían que haber dejado relacionarme con chicos sin una guía o un manual de instrucciones. Sabía que haría algo mal. Deseé volver a tener siete años y que los chicos siguieran siendo criaturas ruidosas de pelo corto que se pasaban el día trepando a los árboles. Todo aquello me resultaba... insultante.

* * *

Poppy y yo nos pasamos el sábado de compras, a modo de terapia para que pudiera olvidarme de que me habían dejado. El viernes por la noche me había costado un poco llamar a Poppy para contárselo, por si mi popularidad se veía brutalmente afectada. Pero ella acudió enseguida en mi ayuda y se vino a dormir a mi casa, armada con un disco y bolsas de palomitas. Me pareció todo un detalle por su parte, sobre todo porque sabía que estaba deseando que llegase el viernes para ver a Jez en el centro juvenil. Poppy escuchó mis impresiones y llegó a la conclusión de que era poco probable que Charlie me hubiese dejado por mi pelo enredado, ya que no era lo suficientemente alto como para acariciármelo. Y además, ¿cómo podía Charlie dejarme si ni siquiera me conocía aún? Poppy es una chica sabia.

Sasha me llamó cuando estábamos de compras, así que la puse al corriente. Sugirió que Charlie podía haberse agobiado por no saber gestionar sus sentimientos hacia mí y haberme dejado por miedo a que le hiciera daño. Sasha también es bastante sabia.

En cualquier caso, tenía que centrarme. Ir de compras es un trabajo duro cuando eres una chica. Para los chicos es más fácil: sólo tienen que elegir entre la talla L y la XL, y nunca tienen el problema de querer meterse en el probador con más de cinco prendas. Poppy quería comprarse una camiseta en H&M, pero no sabíamos si en blanco, en rojo o en negro, ni si la talla era la 34, la 36 o la 38, lo que nos ofrecía nueve opciones. Yo recargué el móvil y me compré una revista (más fácil, era como comprar algo de talla única). Luego fuimos al Boots a que Poppy se comprase unas tiras para los puntos negros de la nariz. Son unas tiritas que te pegas en la nariz; luego tiras de ellas y aparecen llenas de pelitos negros y más porquerías. Puaj.

—Mi nariz es feísima —dijo Poppy—. Es normal que no le guste a Jez. Y tengo un bulto, si la miras de cerca se ve perfectamente. ¿Y si es una enfermedad del tabique nasal?

—Sí que le gustas —dije automáticamente, mientras escudriñaba la zona de la nariz que ella señalaba. Yo no veía ningún bulto.

—Que no.

—Que sí —insistí. Poppy me miró con cara de «sí, claro, lo que tú digas»—. ¿Por qué no le pides que salga contigo? —le pregunté mientras nos dirigíamos al McDonald's.

—¿Y si me dice que no y dejamos de ser amigos? —repuso—. También me lo podía pedir él.

En el McDonald's releímos el mensaje de Charlie. Poppy decidió que era horrible (nadie pone «besos» con bs, es bss), me invitó a un batido de fresa y sentenció que Charlie era demasiado bajito.

Por la tarde, Jez me llamó y me dijo que había averiguado que Charlie estaba saliendo, a la vez que conmigo, con una tal Chloë que estaba interna en Brighton. ¡Qué fuerte! Me había puesto los cuernos! ¡Pero si habíamos estado juntos poquísimos días! Jez me dijo que creía que yo debía saber la verdad. Para ser sincera, prefería las interpretaciones de los hechos de Poppy y Sasha.

—¿Y cómo es la tal Chloë? —le pregunté a Jez. Justo en ese momento mi madre entró en la habitación para colgar unas faldas del colegio en el armario, así que bajé la voz—. ¿Es guapa?

Jez pareció perplejo.

—No sé, no la conozco. ¿Y eso qué importa?

¿Que qué importa? Los chicos son rarísimos, no se enteran de nada.

Seguro que Chloë se parecía a Claudia. ¿Y si Charlie decía que tenía que ir a arreglar el camino del campo de sus tíos y en realidad estaba con otra chica? «Camino» podía ser un anagrama de «Monica». Podía ser.

Oh, Dios mío, estaba engañándonos con otra. ¿Qué pasa, que Chloë y yo no éramos lo suficientemente buenas para él?

El domingo llamé a Poppy y le conté mi teoría con pelos y señales, pero ella me dijo que no creía que Charlie fuese tan listo como para hacer un anagrama con «camino» para ocultar el nombre de una chica. Puede que Poppy tuviera razón y que a mí se me estuviese yendo un poco la olla. Aun así, me vi obligada a hacer una lista mental:

Resumen de mi vida

1. *Los padres de Poppy no pueden llevamos al centro juvenil el viernes que viene porque es su aniversario de boda y van a salir a cenar, lo cual es claramente egoísta.*
2. *No puedo comprarme nada de lo que sale en la revista que me compré el fin de semana. En la página sesenta, dice que la moda este mes es el fucsia* funky, *y salen unos pantalones rosas que valen noventa libras. ¡Noventa libras!*

3. *He parado antes en el quiosco a comprar dos donuts de chocolate, y el quiosquero me ha preguntado si estaba triste por lo del chico ese que piensa que soy rara...*
4. *No le gusto a nadie.*

Un milisegundo después de colgar el teléfono, mi madre emergió del salón y anunció que nos íbamos al parque a jugar al béisbol. O se movía muy rápido, o había estado escuchando detrás de la puerta. Ambas opciones eran perfectamente posibles.

Pensé en contestarle: «Ni hablar, no pienso ir. Es lo último que quiero hacer ahora. Y no voy a quemar la casa ni a hacerme un tatuaje si me dejáis sola cinco minutos». En cambio, me contuve y suspiré. Aquello fue suficiente para que mi madre me mirase con esa mezcla de irritación y decepción tan habitual en ella. Ésa era la expresión de su cara siempre que algún miembro de la familia me tiraba un balón y yo me apartaba hacia un lado y lo dejaba pasar en lugar de atraparlo. (Desde luego, qué poco sentido del humor).

—Bueno, piensa que «camino» también puede ser el anagrama de «camión» —sentenció mi madre.

Me encantaría que la gente dejase de espiar mis conversaciones privadas.

—¿Sabes lo que necesitas para olvidarte de Charlie? —me dijo Poppy el lunes en el recreo.

—¿A Luke? —bromeé. Sasha había decidido que Charlie había sido sólo un entrenamiento y yo estaba de acuerdo. Había estado intentando convencerme de que me gustaba cuando en realidad no me gustaba tanto, como cuando ves unas botas marrones preciosas rebajadas e intentas ignorar que no son de tu talla.

—Yo iba a decir unas vacaciones —repuso.

—¡Pues sí! ¡Lo pusimos en nuestros propósitos de Año Nuevo!

—¿De qué habláis? —nos interrumpió Claudia, que pasaba por allí—. ¡Yo me voy de vacaciones! ¡A Grecia!

—¿En Semana Santa? —preguntó Poppy.

—No, en verano. Con Jo. Son unas vacaciones de grupo. Mi padre está encantado con que vaya.

Increíble. Claudia podía ir siempre que quisiera al idílico pueblo de su madre en Sicilia, ¡y encima su padre le pagaba unas vacaciones en la playa en Grecia! Me puse alerta inmediatamente. Claudia había estado ignorando prácticamente a Poppy durante semanas, ¿y ahora quería ser nuestra amiga? ¿No estaría acudiendo a nosotras porque *Supertanya* no estaba disponible? (Las de cuarto estaban de excursión de sociales en Gales). ¿O era sólo por presumir de sus vacaciones?

—Seremos cincuenta, entre catorce y dieciocho años. Y el hotel tiene *jacuzzi*. ¡Y es mixto! —enumeró Claudia.

—¿Mixto? —preguntó Poppy—. ¡Suena genial!

Mmm. ¿No se le ocurriría a Poppy irse de vacaciones con

Claudia y dejarme a mí en casa con mis padres esquivando pelotas de tenis?

—De hecho —añadió Claudia intencionadamente—, el setenta por ciento suelen ser chicos.

* * *

—Yo creo que mis padres no quieren que tenga vida —le comenté a Poppy a la mañana siguiente en el autobús, mientras ojeábamos el folleto que nos había dejado Claudia. Ahora nos sentábamos siempre en el piso de arriba porque Luke se sentaba allí. (Es increíble la de zapatos que se encuentran en la rejilla para el equipaje de los autobuses. ¿Será que la gente se pelea y luego tira allí los zapatos de sus víctimas? Eso es muy cruel).

—Pues yo esperaba que tus padres convencieran a los míos —suspiró Poppy.

¡Tenía que estar de broma! Si sus padres decían que no, no habría manera de que yo convenciese a los míos.

—¿Malas noticias?

—Mi padre dice que no somos lo suficientemente mayores como para irnos solas de vacaciones. ¡No es justo! El que necesita que lo vigilen es Luke. ¡El otro día vi cómo pulverizaba a una mosca con desodorante! —Se giró para mirar a Luke con cara de odio. Yo también me giré, aprovechando la ocasión. Ay... No quería mirarle con cara de odio, pero tampoco podía sonreírle, o la cara de odio de Poppy perdería importancia. No sé si me explico. Así que lo miré sin ningún tipo de expresión, lo cual, probablemente, tampoco quedaba muy bien.

En cierto modo, me alivió que mis padres no fuesen los únicos que dijesen que no a las vacaciones. Pero seguía siendo injusto. ¡Con lo bien que había calculado el momento de pedírselo! Mi padre había terminado de ver el golf: lo que significaba que estaría de buen humor, y mi madre estaba en el sofá leyendo su revista mensual de bádminton.

Me senté en el brazo del sofá y empecé a balancear las piernas.

—Mamá... —empecé.

—¿Sí...? —contestó ella, percatándose obviamente por mi tono de que iba a pedirle algo—. No hay chocolate.

Hay que fastidiarse. Ni siquiera levantó la vista.

—No, no es eso —le tendí el folleto a mi madre—. Es sobre este campamento en Grecia del que todas hablan en el cole.

—¡Pero si acabas de venir de esquiar! —exclamó mi padre—.Y tú no estudias griego.

—Tienen actividades y todo. Seguro que aprendo a... esto... bucear. Jamie resopló desde una esquina del salón.

—Mm... —musitó mi madre, pasando las hojas—. No sé yo si eres lo suficientemente mayor para esto...

Grrr.

—Están muy bien supervisados.

—Me acuerdo de que Paul, el hijo de tía Valerie, quería ir a una cosa de éstas. Es carísimo, ¿Esto de la foto es un *jacuzzi?*

¡Uf! La «tía» Valerie es una amiga de mi madre, y es la persona más aburrida y tacaña que he conocido nunca. ¿Cómo podía ser ella una fuente fiable de información si ni siquiera era tía carnal nuestra y encima nos obligaban a llamarla así?

—Se hace mucho deporte, y además os lo podría devolver... —insistí, pese a que sabía que ni se hacía mucho deporte ni se lo podría devolver nunca.

—Es que no creo que seas lo suficientemente responsable como para ir sola de vacaciones.

Jolín.

—Pero si iría con Poppy...

—Si te soy sincera, eso no me tranquiliza demasiado —repuso mi madre—. Y en cualquier caso, es demasiado caro. Ya te hemos dado dinero para el día ése en el que vais al colegio sin uniforme.

Por favor, pero si me habían dado cinco libras...

—Pero... —Iba a mencionar que me habían pagado el viaje a la nieve cuando yo ni siquiera quería ir. Pero pensé que aquello no me iba a ayudar lo más mínimo, así que no dije nada.

Mi madre miró a mi padre y luego le pasó el folleto.

—¡Pero mira qué precios! —dijo él. No estaba siendo de mucha ayuda—. ¡Con este dinero me podría comprar un juego nuevo de palos de golf!

No se inmutaron. Toda mi determinación se esfumó. Tenía que haber contestado:

—Ya, pero pensad un momento en los beneficios de invertir en vuestra propia hija. Ella al menos puede daros las gracias ¡no como con un juego de palos de golf!

* * *

Después de pasarme la semana entera lanzando indirectas en la cena (como por ejemplo: «Hoy hemos aprendido en biología que la luz del sol en los países mediterráneos es buena para la producción de vitamina D»), mi madre me ordenó que dejase de hostigarles con el tema de las vacaciones y dio la conversación por terminada dictaminando que éramos demasiado pobres y que yo era demasiado pequeña. Y nada de eso parecía ser negociable.

Poppy y yo, a regañadientes, empezamos a emocionamos porque se acercaba el día de ir al colegio con ropa de calle. En nuestra trágica existencia de uniforme morado y gris, el hecho de poder ponernos lo que quisiéramos el último día antes de las vacaciones de Semana Santa suponía un auténtico acontecimiento. ¿Por qué existirán los uniformes? Son horribles y no sirven para nada (aparte, según Sasha, de para hacerte parecer fea a los ojos de los chicos, así no les gustas y entonces estudias más para clase). Yo iba a ponerme unos vaqueros y una camiseta roja, hasta que recordé que todo el mundo me había visto con ese modelo en la excursión que hicimos a la nieve. Así que decidí que sería mejor ponerme mis pantalones anchos negros y una camiseta de tirantes azul marino.

La decisión final cobró aún más importancia cuando nos enteramos de que a Claudia su padre le había dado cien libras para que se comprase algo. Claudia se lo contó a Bethan, y Bethan se lo contó al resto del mundo.

Sasha decidió ponerse los nuevos Levi's de su hermana. Jenny había dejado la etiqueta puesta para evitar que Sasha se los quitase, pero ella simplemente le pidió a Charlotte su sudadera beige, que era muy larga y le tapaba las etiquetas. Luego se los devolvería y nadie se habría enterado de la jugada.

La madre de Rashida la quería obligar a ponerse el sari que había llevado a la boda de su primo. Ella ya había escondido unos vaqueros y una camiseta en una bolsa de plástico en su taquilla.

Poppy también estaba teniendo problemas para decidirse.

—¿Cuáles de mis vaqueros me sientan mejor?

—Pues... Todos están bien.

—No me decido.

—En serio. Todos te quedan bien. También te puedes poner los piratas.

—Pues sí, también... ¡Sí! —Se la vio momentáneamente inspirada, pero luego pareció desinflarse—. Ay, no sé. ¿Y si parece que son unos pantalones de cuando tenía ocho años que me quedan pesqueros?

—Ya, yo también tengo esa duda con los piratas —aportó Claudia, emergiendo de la nada. Luché contra el impulso de meterme dentro de mi taquilla y cerrar la puerta para no tener que oírla—. Yo te puedo dejar unos pantalones negros, si quieres. Tienen un corte muy bonito, seguro que te quedan bien.

—¡Gracias! —contestó Poppy, sorprendida y halagada a un tiempo.

—Ah, y son perfectos para ligar —añadió Claudia—. Me los he estado poniendo para ir y volver de clase de tenis y creo que lo de Greg sólo es cuestión de tiempo.

Yo sabía por Jo que Greg era el profesor de tenis de Claudia, y que tenía diecisiete años. (La madre de Claudia le había pagado unas clases avanzadas de tenis. Seguro que también se había enterado de que su padre le había regalado unas vacaciones en Grecia).

—¡He visto el nombre de Greg escrito en un pupitre de tercero B! —le dijo Poppy en un tono amable.

Deseé que las de cuarto volvieran pronto de contar piedras, o lo que quiera que se haga en una excursión en Gales, y así Claudia desapareciera de nuevo.

* * *

El último día del trimestre hicimos lo de todos los años, que era intercambiarnos huevos de Pascua para quedarnos al final con el mismo número de huevos con el que habíamos empezado. Y fuimos todas vestidas con nuestra propia ropa. Hubo mayoría aplastante de botas negras (un clásico), pantalones negros (que estilizan) y camisetas blancas (que pegan con los pantalones negros). En matemáticas le dijimos a la señorita Craignish que era maravilloso no tener que llevar uniforme. Ella repuso que le alegraba que nos sintiésemos liberadas.

Como si los huevos de chocolate y no llevar uniforme no fuera ya lo suficientemente emocionante, encima teníamos un cotilleo nuevo. Jez me había llamado la noche anterior para contarme que habían pillado a Charlie colándose por la ventana de la habitación de la mejor amiga de Chloë a las tres de la mañana. Jez es genial. Aunque me había interrumpido cuando estaba considerando si ponerme o no mi vestido negro. (Al final decidí que no, porque pensé que si llevaba aquel día lo que claramente era mi mejor modelo, iba a parecer que lo más importante en mi vida era ir un día al cole sin uniforme).

Poppy y yo analizamos detalladamente mi conversación con Jez después del almuerzo, mientras estábamos arreglando nuestras raquetas de tenis con el típex de Claudia para disimular los sitios donde estaban descascarilladas.

—¡Quién es Charlie? —preguntó Claudia.

—El ex de Holly —contestó Poppy.

—Ah, ¿sí? —saltó. Parecía ligeramente impresionada—. ¿Y cómo lo conociste?

—Es amigo de Jez —dije yo.

—¿Y ahora es tu ex?

—Era muy bajito —repuse. Una respuesta vaga para una pregunta vaga. Poppy me miró con cara de asombro. Yo la miré como diciendo «Sí que lo era».

—Bueno, Poppy, ¿y tú ya estás saliendo con Jez o qué? —preguntó Claudia.

—No —contestó—. Pero le veré hoy en el centro juvenil.

—¡No puedo creer que os conozcáis desde hace tanto tiempo y aún no haya pasado nada!

Agité mi raqueta de tenis para que el típex se secase más rápido y no dije nada.

—¿Estás bien? —me preguntó Poppy cuando hubieron pasado unos minutos.

—Sí —contesté. Por supuesto, no me importaba que Poppy tuviese más amigas. Yo también era amiga de Sasha y a Poppy no le importaba. Pero aquello era distinto. Yo nunca reemplazaría a Poppy por Sasha, ni a Sasha por Poppy; simplemente, ocupaban lugares distintos en mi vida. Aunque era muy buena amiga mía, Sasha tenía su propia pandilla fuera del colegio. Pero con Claudia siempre sentía como si estuviera pisándome el territorio. Y lo que es peor, Poppy parecía estar encantada e inmersa en su nueva y emocionante amistad. La vez anterior, con todo lo de Luke, parecía que hubiese disfrutado dándome de lado y metiendo el dedo en la llaga al sugerir que Claudia y Luke podían llegar a estar juntos. Quizá todo había ido demasiado lejos y en realidad Poppy no quería que eso ocurriese de verdad. Pero es que ni siquiera me había pedido perdón. ¿Y si volvía a hacerlo?

* * *

Durante las vacaciones de Semana Santa siempre he podido constatar que yo, Holly Stockwell, vivo en una casa de lo más aburrida, en un barrio de lo más aburrido en el que los chicos guapos se quedan en sus aburridas casas y no pasan delante de la mía lo suficientemente a menudo. Unos días después del comienzo de las vacaciones ya había visto todas las películas que tenía, me había leído todos mis libros y me había comido todos mis huevos de Pascua. ¿Y cómo íbamos a dar fiestas sin permiso si ninguno de nuestros padres se iba de casa?

Ni siquiera el último fin de semana de las vacaciones dejó mi madre de darme la lata con lo de que hiciese deporte.

—Ivy y yo vamos a hacer aeróbic con un DVD dentro de un rato —me dijo el sábado—. ¿Te apuntas? ¡Llevas todo el día leyendo en tu habitación!

Eso no era del todo cierto, ya que en aquel preciso instante estaba de pie en la cocina calentando leche para hacerme un chocolate a la taza. Vale, había estado en mi habitación hasta entonces, pero ¿qué esperaba? Ivy había vuelto de la universidad con un montón de nuevos monólogos sobre terribles deportes de equipo.

—Luego voy a ir a casa de Poppy —dije en mi defensa.

—¿Para qué, para sentarte en su habitación en vez de en la tuya?

Mi madre a veces es demasiado exagerada. Camino bastante, todos los días, y no estoy gorda (con la posible excepción de mi trasero). De hecho, soy cien por cien normal. Quizá me sobre un pelín de parsimonia, pero sólo porque toda mi familia sea fanática del deporte no tengo por qué serlo yo también.

—Seguro que te gustaría apuntarte a algún deporte de los de equipo, hacer algo competitivo —continuó mi madre, equivocándose, como siempre—. ¡Puedes ir al club de tenis el sábado! Se te queda una cara tan seria de estar todo el día encerrada...

—No es eso —dije. En realidad, había estado todo el tiempo dándole vueltas a lo de Poppy y Claudia. Sonará patético, pero de repente deseé tener una madre con la que poder hablar de este tipo de cosas. De las amigas. Y de chicos, llegado el caso—. Es que... Una buena amiga mía está pasando mucho tiempo con otra chica de clase —solté, evitando mirarla a los ojos—. Lo había hecho ya antes, y lo ha vuelto a hacer —añadí, antes de que corriese hacia la estantería a buscar un libro sobre cómo aconsejar a las hijas adolescentes sin amigos.

—¿Y te están dando de lado?

—No exactamente. Nos hablamos, eso sí. Es que... Ya me dejaron de lado una vez, y fue horrible. Antes, yo era la única con la que esa amiga hablaba... —me puse de puntillas para alcanzar el bote de cacao en polvo del armario de la cocina—. Siento como si ya no fuésemos amigas. Como si ya no le importase lo más mínimo.

Mamá apartó el cazo del fuego.

—Holly, no le des mayor importancia. No puedes impedir que las demás chicas sean amigas entre ellas. Sigues siendo amiga de esa niña, ¿no? —dijo mientras echaba el chocolate en mi tazón preferido.

—Sí, lo sé —repuse con un mohín. Mi madre llenó la taza hasta el borde y luego le dio vueltas con una cuchara, deshaciendo los grumos uno por uno. Eso ya lo sabía, no era tan estúpida. Pero aun así, las cosas no eran como siempre.

—Tú intenta unirte al grupo. Algunos amigos simplemente pasan de largo; otros, en cambio, son para toda la vida. Es como... No sé... —Me dio el tazón y se quedó con la vista fija en la balda para vasos y tazas del armario de la cocina—. Como los vasos de plástico comparados con las tazas de porcelana.

Era bastante amable viniendo de ella. Tenía algunas amigas a las que conocía desde el colegio, creo. Pero ¿y si yo era un vaso de plástico?

—¿Qué preferís...? —comenzó Poppy deleitándose. Claudia, Poppy y yo estábamos en la habitación de Poppy viendo *American Beauty* (habíamos tomado prestado el reproductor de DVD del salón y la película del cuarto de Luke, que estaba en casa de Craig).

Sí, señor. Poppy, Claudia y yo.

Poppy me había invitado a dormir en su casa, lo que me salvó de empezar a escribir ME ABURRO con pintalabios en las paredes de mi cuarto. En principio, íbamos a estar sólo las dos, pero mientras estábamos en la habitación de Poppy leyéndonos mutuamente el horóscopo, Claudia llamó por teléfono. Intenté no poner cara de asco. Por fin, Poppy colgó.

— Va a venir Claudia.

—¿Y eso? —pregunté mientras examinaba un agujero en mi calcetín.

—Para hablar sobre lo mío con Jez. No te importa, ¿verdad?

Podía haberme ido a casa sólo por la manía que le tenía a Claudia, pero no quería arriesgarme a que las dos volviesen a darme de lado, o a que pasara algo entre Claudia y Luke. Así que me quedé.

Algo me hizo darme cuenta de que Poppy no estaba viendo la película. Puede que fuese el hecho de que no paraba de levantarse y de repetir alegremente la frasecita de marras: «¿Qué preferís... ?». (Yo me mantenía en silencio, intentando asumir mi condición de vaso de plástico).

—¿Qué preferís, comeros esta uña del pie que acabo de encontrar en el suelo o montaros desnudas en el autobús del colegio? —terminó al fin Poppy.

—Yo... me comería la uña —dije yo—. Podría ser de Luke... —añadí en voz más baja. Miré a Claudia para captar su reacción pero no hubo ninguna. Estaba peinándose con un gran cepillo rosa.

—¡Aj! ¡Qué asco! —Poppy arrugó la nariz—. Eso es *asqueroso.*

— Yo me subiría desnuda en el autobús —sentenció Claudia con la cabeza bocabajo y la voz mitigada por la mata de pelo que seguía cepillando. Se incorporó, se sacudió la melena y nos sonrió, segura de sí misma—. Así, la gente tendría algo con lo que entretenerse.

Era mi turno.

—¿Qué preferís, besar a un chico de once años o a la señorita Rustford?

—¡Aj! —profirió Poppy, tirándome la uña en señal de disgusto. La esquivé.

—Yo elijo a la señorita Rustford —dijo Claudia, sorprendentemente tranquila para estar diciendo lo que estaba diciendo—. No podría besar a un crío de once años.

—¿Ni siquiera al que te envió la tarjeta de San Valentín?

—Ni hablar. Lo rechacé con mucha educación.

Poppy asintió con la cabeza.

—Sí, yo también tuve que rechazar a Yves —no pude evitar un gesto de incredulidad. Poppy me ignoró y continuó hablando con Claudia—. Holly no tiene a nadie a quien rechazar educadamente.

Lo dijo en broma, pero yo pensé para mí: «Oh, vaya, Poppy, muchas gracias».

Cuando le tocó el turno a Claudia decidió dejar el juego y cambiar de tema, lo cual agradecí bastante.

—Bueno, a ver, lo tuyo con Jez—le dijo a Poppy—. Voy a ayudaros a que acabéis juntos.

Poppy puso cara de no-estoy-segura.

—No estoy segura —dijo al segundo—. Ahora mismo nos llevamos muy bien. Lo dejaré estar y ya veremos qué pasa.

—Si lo dejas en las manos del chico, nunca pasa nada. ¿Qué pasos has dado hasta ahora?

—Le escribí una postal cuando estuvimos en la nieve.

—¿Y qué ocurrió?

—Nada.

—Pues hay que darle un empujoncito a esto —Claudia me miró y sonrió—. Holly, díselo tú. ¿A que tiene que hacer algo?

¿Y qué iba a saber yo? Pero parecía que Claudia pensaba que mi opinión era importante.

—Eh... Sí, Claudia tiene razón —dije.

Poppy agachó la cabeza.

—Pero...

—¡Como yo con Greg! —interrumpió Claudia—. O Holly con... eh... Carl...

—Charlie.

—Eso, perdón, como Holly con Charlie — dijo Claudia. Se volvió a girar hacia mí—. Holly, tengo que decírtelo, ¡no sabía que hubieses tenido ningún novio!

—Todo un milagro, ¿eh? —dije. No pude aguantarme. Claudia soltó una carcajada.

—No seas ridícula, ¡si eres superguapa! Quería decir que nunca lo habías mencionado. Supongo que es porque nunca antes habíamos hablado largo y tendido.

—Ya —dije yo, medio halagada y medio suspicaz. «Bueno, ¿y por qué no hemos hablado hasta ahora? —pensé—. Ah, claro, porque a principios de curso estabas ocupada robándome a mi mejor amiga y al amor de mi vida, y yo estaba ocupada pensando que eras el mismísimo demonio». ¿Sería que ahora que Claudia tenía a Greg se había lanzado a la caza de amigas en lugar de a la caza de hombres? A decir verdad, parecía sinceramente interesada. Podría haberle explicado que en realidad Charlie no había sido mi novio, novio, y que me había dejado enseguida... Pero me parecía muy divertido que de repente se me considerase, por una vez, la experta del grupo.

—Bueno, Poppy, como te decía, tienes que saber cómo engancharlo —dijo Claudia, volviendo a Jez. Era como un torbellino, cambiaba de tema a toda velocidad—. Puedes hacer mil cosas; invítalo a la piscina para que te vea en bikini, o id a patinar sobre hielo para que tenga que agarrarte en una caída accidental...

—¿Caída accidental? —pregunté con voz débil.

—Sí, caída accidental—repitió Claudia levantando la voz, como si pensara que el problema era mi oído.

—¿No es eso un poco... obvio? —dijo Poppy, que ya parecía por lo menos interesada.

—Tienes que ser obvia con los chicos, o no se dan cuenta de nada.

Poppy se miró las uñas con preocupación.

—¿Y no hay ninguna opción más sutil?

—Bueno, puedes quedar con él para ir al cine —dijo Claudia, como si aquello fuese lo más fácil del mundo—. Puedes ir por la tarde, en vez de por la noche, para que no parezca una cita. Mejor aún, vamos en grupo. Invita también a amigos suyos. Nosotras iremos, ¿verdad, Holly?

¡Hurra! Por una vez, no quería quedarme fuera del plan.

Poppy vaciló.

—No sé...

Dirigí la mirada hacia el televisor; donde se reproducía la escena de la bolsa de plástico. Podía ofrecerme para llamar a Jez. Pero si soy sincera, yo tampoco estaba segura. ¿Cómo iba a proponerle ir al cine, así sin más?

—Yo lo haré —dijo Claudia—. Cuando empiecen las clases otra vez. Yo me ocupo de organizarlo.

—Vale, venga —accedió Poppy aliviada—. ¿Por qué no?

Intenté sin éxito que *Ratón* corriese por dentro de un cartón de papel higiénico sintiéndome un poco insegura. ¿Cómo iba a terminar todo aquello? Vale que estábamos allí juntas, las tres, pasando una noche (tengo que admitirlo) bastante divertida. ¿Pero no estaría Claudia incluyéndome sólo porque estaba allí aquel día? ¿No estaría siendo simpática simplemente porque la situación lo requería? ¿Qué lugar ocuparía yo en una o dos semanas? ¿Seguiría formando parte de aquel feliz triángulo de amigas o estaría sentada en el banquillo?

* * *

Claudia fue fiel a su palabra. El lunes, en el colegio, llamó a Jez a la hora del almuerzo. Se presentó y organizó una quedada para el fin de semana. Fue bastante impresionante. Pero lo más alucinante fue que la señorita Rustford pasó junto a ella y no hizo ningún comentario sobre el hecho de que estuviese utilizando el móvil en el colegio. En cualquier caso, todo se vio eclipsado el jueves por otra noticia relacionada con chicos. A la entrada, Claudia vino corriendo hacia nosotras.

—Ayer tuve clase de tenis —dijo—. ¡Pero no jugué al tenis precisamente!

Poppy dio un grito ahogado.

—¿Tú y Greg estáis juntos?

—Me dijo que ha dejado a su novia. Y que ella lloró —contó Claudia con orgullo—. ¡Parece ser que a Greg le gusto desde hace tiempo!

Se interrumpió para coger el móvil, que estaba sonando.

—Es Jez —le dijo a Poppy—. Quiere hablar contigo.

Poppy se llevó el teléfono a la oreja y escuchó un momento.

—Holly, dice Jez que va a llevar a su primo Stuart al cine para ti.

—¿Cómo? Dame el teléfono.

—Holly quiere decirte algo —dijo Poppy al aparato a regañadientes.

—¡No pienso acercarme a ningún otro amigo tuyo después de lo de Charlie! —exclamé. A Poppy y a Claudia les entró la risa, lo que me resultó muy agradable. Era mucho más fácil ser descarada con los chicos cuando se trataba de Jez, que era propiedad de Poppy y no contaba.

—Claudia me dijo que queríais que fuésemos unos cuantos —protestó débilmente Jez—. No sé... Bueno, es mi primo Stu. Es guapo. Alto. Rubio. Te gustará.

—Pero, ¿por qué para mí? ¿Por qué no para Claudia?

—Dijo algo de que le gustaba un tal Greg. Ella no necesita un tío. Que tampoco digo que lo necesites tú...

—A mí sólo me gustan los chicos morenos, con el pelo rizado y los ojos verdes —dije con voz firme y decidida. No obstante, me sentía secretamente halagada; parecía que ya no era la amiga fea que no tenía a nadie con quien ir al cine.

En clase de matemáticas, dejamos que Claudia se encargase de organizar cómo nos íbamos a sentar en el cine, utilizando el pupitre de Poppy como panel estratégico y unas bolas de papel arrugado que éramos nosotras y los chicos.

—¿Ése quién es? —susurró Sasha, inclinándose hacia mí. Señaló una bola de papel y me miró. Estoy segura de que lo que quería decir era: «¿Por qué estás haciendo planes con Claudia?».

—Ésa es Poppy —contesté—. Se va a sentar aquí, al lado de Jez. En la última fila.

—Y Claudia o Holly se sentarán a mi lado —añadió Poppy—, para que no parezca demasiado preparado—. Miró a Claudia, que sonrió en señal de aprobación. Estaba deseando que llegara el fin de semana. ¡Por fin una quedada con chicos organizada por una experta en el tema!

—Y así —dije, señalando las dos últimas bolas de papel—, el primo de Jez, Stuart, podrá sentarse a mi lado (pero sólo si es guapo), ¡y Poppy podrá liarse con Jez!

Así de simple. Sólo había que acelerar y desacelerar el paso en el momento adecuado para conseguir sentarnos según lo acordado, sin que todo fuese demasiado obvio.

Sasha miró las bolas de papel una vez más y lanzó la pregunta que había estado rondándome desde que Claudia irrumpió en nuestras vidas.

—¿Y Luke?

En ese momento la habría abrazado. ¡Pero Claudia empezó a reírse!

—¿Luke? —dijo—. Es guapo, la verdad, pero no es mi tipo. No te lo tomes a mal, Poppy, pero es que es demasiado reservado. Greg es superextrovertido.

Miré a Claudia con cautela, pero lo único que detecté fue su enamoramiento galopante.

No sé cómo, pero en ese momento me sentí unida a ella.

Creo que era bastante obvio que no estábamos haciendo tantos por ciento, pero la señorita Craignish no parecía muy preocupada al respecto. Pasó junto a nosotras y dijo:

—¡Ay! Aún recuerdo cuando nuestra única preocupación era no sentarnos detrás de alguien muy alto...

* * *

Me sentía muy motivada con el plan experto de Claudia. Era divertido estar a bordo de todo aquello. Además, ¡sabía tantas cosas! Aunque no sabía si aquello de que Luke fuese *reservado* era bueno o malo... La verdad es que no tenía ni idea.

Sasha me llamó por la noche para preguntarme por los tantos por ciento. Lo miré en el libro y se lo expliqué, ya que yo tampoco había atendido en clase.

—O sea que Claudia ha vuelto, ¿no?

—Está ayudándonos a conseguir que Poppy y Jez estén juntos.

—¿No será que está aburrida?

—Pues la verdad es que está siendo muy simpática —dije—. Cuando la conoces un poco es bastante agradable. Es superentusiasta con todo, ¡y no les tiene ningún miedo a los chicos! De hecho, me recuerda un poco a ti.

—¿En serio? —repuso en un tono algo frío. Ay. Había hablado sin pararme a pensar en lo que iba a decir.

—Lo siento —me disculpé. Nota mental: a la gente que se parece no necesariamente le gusta que se lo saquen a relucir.

Afortunadamente, Sasha lo dejó pasar.

—Así que te has unido al club de fans de Claudia... ¡Menudo cambio!

Si lo pensaba bien, me seguía dando un poco de miedo que Claudia y Poppy me dejasen de lado de un momento a otro. Pero, hasta entonces, las cosas estaban yendo bastante bien.

—Creo que antes simplemente estaba celosa.

—No, no es eso. Se portaron muy mal contigo —apuntó chasqueando la lengua.

—Preferiría no sacar ese tema —dije deseando que nos hubiésemos quedado en los tantos por ciento—. Además, no creo que vayan a hacerlo otra vez. No tiene pinta.

—No deberías preocuparte por que tus amigas puedan tenderte una trampa. ¡Deberías saber que una amiga no hace algo así!

Pero no podía saberlo a ciencia cierta, ¿no? Eso supondría hablar del tema con Poppy y estropear las cosas. En cualquier caso, Poppy y Jez tendrían que estar juntos desde hacía años. No me sentía como un vaso de plástico. ¿Qué había de malo en que *las tres* fuésemos amigas?

Tras colgar el teléfono hice una nueva y radical lista:

Cosas buenas de Claudia

1. *Va a conseguir que Poppy y Jez salgan juntos.*
2. *Es muy decidida y atrevida con todo, especialmente con los chicos.*
3. *Nos prestó el típex.*

Y a lo mejor, si se lo pedía por favor, Claudia me dejaría vivir en su caseta de la piscina o en su garaje, para poder tener un poco de intimidad, no como en mi casa con mi familia. Mi madre entró en mi habitación cuando estaba terminando la lista de Claudia y empezó a hablarme de una chica de bachillerato que se llamaba Lorraine y que se acababa de mudar al otro lado de la calle. Por lo visto, también iría a Burlington y quería que me hiciese su amiga. Pero ¿cuándo se ha visto que una chica de dieciséis años hable con una de catorce?

—¿Es obligatorio? —le pregunté a mi madre.

Ella pareció ignorar el hecho obvio de que tanto Lorraine como yo seguramente preferiríamos comernos la cera de los oídos antes que hacernos amigas porque sí.

—Bueno, no, pero bien podrías. Piénsalo, podrías simplemente cruzar la calle y charlar un rato con ella. ¡Una nueva amiga aquí al lado!

Ah, claro. Ya me sonaba raro a mí que su nueva idea no conllevase hacer ningún ejercicio físico. Estaba intentando buscarme amigas nuevas después de que hubiese mencionado a Claudia. No tenía por qué preocuparse. Para cubrirme las espaldas, le había comentado a mi madre lo del cine. Le dije que no se preocupase, que sólo íbamos Poppy, Claudia y yo.

—¿Quién es Claudia? —preguntó, como si Claudia fuese un traficante de droga o (aún peor) un chico.

—La amiga de Poppy. Una morena.

—Ah, sí. La hija de Vanessa Sheringham. Muy mona. ¿Para qué edad es la película?

—No te preocupes, es para todos los públicos —y me contuve a duras penas para no añadir: «¡Pero vamos a practicar *lengua* en la última fila».

—No quiero que volváis solas por la noche en el autobús.

—¡Pero si vamos a la sesión de tarde!

—Ah, vale. No olvides llevarte el móvil.

Mujeres desesperadas

Al fin llegó el Día del Cine. Quedamos primero en casa de Poppy, y Claudia sacó de su bolso dos camisetas.

—Un regalo —dijo lanzándole a Poppy una blanca de las que se atan al cuello y a mí una negra de tirantes.

—¿En serio? —preguntamos, al unísono. Poppy levantó su camiseta y miró a Claudia.

—¡Pues claro! Probáoslas, seguro que os quedan estupendamente. Poppy tenía cara de no creérselo todavía, pero se probó la suya. Aunque habitualmente vestía bastante informal, aquella camiseta un poco más arreglada le sentaba genial.

—Es preciosa —dije. Estaba muy guapa. Y mi camiseta era superbonita. Me sentía como si fuese mi cumpleaños o algo así. Nos cambiamos mientras Claudia suspiraba ante la colección de vaqueros de Poppy. Después de mucho buscar, encontró una falda negra en el fondo del armario. Poppy se quejó y dijo que se la había comprado su madre. Claudia decidió que era perfecta.

Cuando aparecimos en el cine, deliberadamente tarde a instancias de Claudia, Jez estaba allí esperándonos con su amigo Mohammed. Poppy, Claudia y yo nos miramos. Mohammed era muy mono, pero no habíamos contado con él en el reparto de los asientos. Junto a Jez y Mohammed había un chico alto con las cejas y las pestañas rubísimas.

—Hola —dijo Jez. Miró a Poppy más tiempo del estrictamente necesario, pero no fue capaz de decirle lo guapa que estaba. Claudia puso los ojos en blanco. Yo hice lo propio. Era divertido tener una misión en común—. Éste es Stu —añadió Jez señalando al hombre-ceja y confirmando así mis sospechas. Stu asintió con la cabeza y estudió mi busto con evidente decepción. No estoy tan bien dotada como Claudia, que no se veía los pies desde los doce años. Le eché una mirada a Jez, que hizo como si no se diera cuenta.

El plan era básicamente que Poppy se sentase al lado de Jez, pero lo de los sitios fue una auténtica misión imposible oculta tras una pátina de disimulo. Yo me apresuré para evitar a Stu «el observador de pechos», pero él me alcanzó, así que me rezagué para esperar a Poppy, que estaba mucho más atrás, manteniendo con cuidado el paso de Jez. Con lo oscuro que estaba, todo salió mal, y al final Poppy acabó entrando en la fila detrás de Mohammed, que ni siquiera tuvo la decencia de elegir la última fila. Stu entró detrás de Poppy. Ella me miró con la desesperación pintada en la cara. Intenté detener a Stuart sujetándolo por el brazo, pero sólo conseguí que esbozase una sonrisa sugerente. Con cara de quien tiene que tragarse un documental sobre el escarabajo pelotero un viernes por la noche, Poppy se sentó a regañadientes al lado de Mohammed. Stu siguió a Poppy y se sentó a su otro lado, sin darse cuenta de nada. ¿Pero es que estaban todos locos? Miré a mi alrededor, por si Jez o Claudia podían sentarse al lado de Stuart para no tener que hacerlo yo, pero Jez estaba sujetando las palomitas de Claudia mientras ella se ataba los cordones. No tenía otra opción, así que seguí a Stu y todos nos sentamos en silencio. Poppy se inclinó por delante de Stu para pasarme palomitas y puso cara de «ay». Yo le contesté con una cara de «ya». Qué desastre. Nadie consiguió sentarse al lado de quien tenía que sentarse, y ni siquiera las chucherías iban a ayudarnos a pasar el mal trago.

* * *

A pesar de la escasez de besos en la tarde de cine, tengo que reconocer que estaba impresionada por el éxito del plan de

Claudia. Las cosas habían avanzado, porque a partir de aquel día, Jez y Poppy empezaron a tontear en el centro juvenil. Bueno, ligeramente. Iban juntos a comprar bolsas de patatas a la máquina expendedora y luego se tiraban horas hablando.

—Algún día —dijo Jez una vez que volvían de la máquina con una bolsa de gominolas cada uno—, tenemos que hacer pellas e ir al centro. —¡Como en la peli ésa, *Todo en un día!* —contribuí—. Sólo que en Londres en vez de en Chicago...

—Sería genial —dijo Poppy.

—Pues tenemos que hacerlo —repuso Jez, mirando única y exclusivamente a Poppy, que por un momento pareció que se iba a desmayar. Me puse a su lado rápidamente, por si necesitaba que la sujetase.

* * *

Yo, en cambio, no había hecho ningún progreso con Luke. Una noche, volviendo del centro juvenil, conseguí caminar junto a él hasta el coche. ¡Y nuestros brazos se rozaron tres veces! Desgraciadamente, él se dio cuenta y me dijo: «Holly, ¿estás bien?». Sabía que tenía que contestar algo, pero no se me ocurría nada convincente. (¿Una malformación genética leve que no me permitía caminar recta? Seguro que había algo. Tengo que prestar más atención a los descubrimientos médicos de Poppy). Así que simplemente contesté que sí. Que estaba bien.

El caso es que a principios de mayo, Jez llamaba a Poppy casi todos los días. Generalmente, lo hacía cuando íbamos en el autobús del colegio a casa. Poppy a veces ponía el manos libres y luego llamábamos a Claudia para ponerla al corriente.

—El siguiente paso es conseguir que nos invite a su casa —propuso Claudia desde el cuartel general celestinesco (su habitación en Lansdowne)—. En serio, hay que darle el empujón definitivo a todo esto.

—¿Y tú no podrías...? —dijo Poppy.

—¡Por supuesto! —exclamó Claudia—. Yo le llamo. Le lanzaré un par de indirectas sobre ti, si quieres.

Poppy asintió y enseguida se dio cuenta de que obviamente Claudia no podía verla, así que se despidió con un «¡Gracias, Claudia!», y le dio al botón de colgar. Yo estaba a punto de decir algo cuando Luke subió por las escaleras del autobús. Llevaba una bolsa de la Fnac, lo que explicaba por qué había cogido el autobús en el centro en lugar de en su colegio. Poppy y yo estábamos sentadas ocupando dos asientos cada una (hablábamos igual, pero era mejor que ir sentadas juntas), ¡y Luke se sentó a mi lado! ¡Y eso que había un asiento libre junto a Poppy!

—No pienso sentarme a su lado —dijo Luke a modo de saludo—. Huele mal.

Sonreí de puro asombro, justo antes de percatarme de que no estaba muy bien por mi parte reírme cuando insultaban a una amiga. En ese preciso instante me acordé del aparato y cerré la boca a toda prisa. —¡Serás cerdo! —le insultó Poppy a la vez que le daba una colleja.

—¿Tú eres así con tu hermano y tu hermana? —me preguntó Luke, arrimándose a mí para resguardarse de posibles futuras collejas.

La combinación de tenerle así de cerca y hablándome directamente me superaba un poco. Ni siquiera era consciente de que él supiese que yo tenía un hermano y una hermana. Sentí que la magnitud de mi deber me aplastaba. ¿Qué podía decir para impresionarle? ¿Qué sería lo más adecuado?

—Eh... No —proferí con voz chillona. Desafortunadamente, Jamie me llamó justo en aquel momento. Creo que el tono pretendía ser el de *La guerra de las galaxias,* pero había sido claramente compuesta con demasiada premura y con bastante poco éxito.

—¡Ay, por favor! —dije mientras revolvía en mi bolso y rechazaba la llamada. Luke me miró de forma inquisitiva y levantó una ceja. El efecto fue devastador. Estaba irresistiblemente guapo. Me agarré al asiento con una mano para no lanzarme sobre él—. Es mi hermano Jamie —me disculpé hablando a toda velocidad.

—Tiene once años—añadió Poppy por toda explicación—. Hace eso para tomarle el pelo.

—¿Fue él quien hizo la de *La cucaracha?* —me preguntó Luke.

Ya me había olvidado de aquello.

—Oh... Sí.

—¿Y nunca le coges el teléfono?

—Eh... no. No —contesté. Ay, ¿por qué no podía proferir otra cosa que no fuesen monosílabos? Estaba buscando desesperadamente un comentario gracioso sobre *La cucaracha* (nada fácil) cuando mi móvil volvió a sonar. Era mi madre. ¡¿Qué?! ¿Cómo sabía que estaba hablando con un chico? ¿Tenía cámaras instaladas en el autobús o qué?

—¿Te queda mucho para llegar a casa? Vamos a ir a jugar al *squash.*

—Vale —dije con cautela para no comprometerme.

—Te esperamos para que puedas venir tú también —repuso mamá con firmeza. Acto seguido colgó (está muy preocupada por el precio de las llamadas de móvil a móvil).

Me giré para seguir hablando con Luke, sintiéndome repentinamente inspirada. ¡Podía preguntarle qué había comprado en la Fnac!

Demasiado tarde. Estaba hablando por el móvil.

* * *

Definitivamente, el plan iba viento en popa. Jez nos invitó (a Poppy, a Claudia y a mí) a ir a su casa un viernes que sus padres no iban a estar. ¡Nunca habría hecho algo así a principios de curso! Incluso le convencimos para que no invitase a amigos raros. Mi única preocupación era que mi madre nos iba a llevar en coche a su casa porque los padres de Poppy no podían. Y puede que se me escapase que íbamos a casa de una tal Jessica y que sus padres iban a estar allí. Y si mi madre se limitaba a dejarnos en la esquina, todos tan contentos.

Poppy estaba tan emocionada que no conseguía concentrarse en nada. Estaba revolucionada. En clase de francés le susurró a Claudia:

—Claudia, ¿entonces en clase de tenis juegas con Greg?

—¿Y le diste un juego de ventaja? —añadí yo.

Claudia levantó la vista de su reloj de DKNY, cuya esfera estaba limpiando con esmero.

—He dejado a Greg.

—¡¿Qué?!—exclamé.

—Que he dejado a Greg. Ayer.

La señorita Rustford se giró hacia nosotras.

—¿Todo bien por ahí?

—¡Sí!—contestamos a coro. Supuestamente, estábamos describiendo nuestra casa en grupos de tres, pero nosotras habíamos decidido que ya sabíamos de sobra cómo eran nuestras casas.

—Muy bien, mientras estéis preparadas el día del examen... —sentenció la señorita Rustford con parsimonia, y volvió a su tarea de corregir ejercicios.

Estaba muy sorprendida por lo de Greg. ¡Pero si le gustaba muchísimo! Sin embargo, el entusiasmo de Claudia se había desvanecido tan rápido como había empezado. Arrancó una página de su cuaderno con una lentitud desesperante para no hacer ruido y garabateó una nota: «Greg prefiere la PlayStation antes que a mí. Les he dicho a mis padres que me he aburrido del tenis».

Todas las *íes* de la nota tenían un corazoncito en lugar del habitual punto. No podía creerlo... ¡No le importaba nada! Lo suyo tenía que ser sobrehumano.

En busca del tiempo perdido

Antes de que me diese cuenta, ya estábamos a mitad de trimestre. Yo había tomado la decisión de ser más organizada que otros años y empezar a estudiar con tiempo para los exámenes de junio. Así, podría pasar las vacaciones relajada planeando visitas a las casas de los chicos. Pero el viernes, aunque había estudiado, tenía la impresión de que no había hecho lo suficiente. Claro que no era culpa mía:

Serias distracciones que me impiden estudiar

1. *Decorar los apuntes con un código de colores, con símbolos para cada tema y con asteriscos para llevar la cuenta de las horas de estudio.*
2. *Pedirle prestado el teclado a Jamie y dejar la ventana abierta mientras toco por si a) descubro un talento oculto para la música, o b) pasa Luke por delante de mi casa y piensa que soy bastante buena.*
3. *Mirar a la gente desde la ventana.*
4. *Darle vueltas al hecho de que mi madre nos llevará a casa de Jessica el viernes. ¿Y si insiste en entrar y saludar a los padres de Jessica? Seguro que se da cuenta de que no existen tales padres. Ni Jessica.*

Justo acababa de decidir no hacer más listas de distracciones, ya que eran una distracción en sí, cuando sonó el teléfono. Era Poppy, que llamaba para que fuese a su casa para prepararnos antes de ir a casa de Jez. Según mi horario, aquel plan se solapaba con mi hora para repasar francés, pero Poppy insistió.

—Oh, venga, Holly, tú ya sabes mucho francés... Te preocupas demasiado. ¡Si hasta tu madre dice que deberías estudiar menos!

—Pero eso es porque cree que es más importante el deporte. No te dan medallas por aprobar exámenes. ¡Y no sé tanto francés! Tengo que estudiar un montón para el oral. Van a ponerlo muy difícil.

—El francés está tirado —dijo Poppy—. Sólo tienes que hacer «ggg...» con acento francés y mover mucho los brazos. Y si no funciona, échale la culpa a la señorita Rustford. Ha sido ella la que ha descuidado tu talento obligándote a aprenderte versos absurdos.

¿Cómo? ¿Habría estado hablando Poppy con Sasha?

—Pero es que tengo que aprenderme todavía todo el vocabulario... —protesté.

—Anda, vente y jugamos a «Qué prefieres» en francés mientras nos arreglamos. Claudia también viene.

Al final, fui.

* * *

Después de arreglarnos en casa de Poppy (por supuesto, al final no jugamos a «Qué prefieres», ya que no sabíamos decir ni «enrollarse» ni «vómito» en francés), nos dirigimos a casa de Jez.

La casa era muy pija. En el salón había un reloj de pared que había pertenecido a su abuelo, y una abigarrada alfombra de color crema en el suelo. Tenían un baño para cada miembro de la familia. Uno en la planta de arriba, otro con ducha debajo de las escaleras y otro más en la habitación de sus padres. Esto lo sé porque Jez nos hizo una visita guiada por la casa.

Creo que Jez había estado bastante aburrido antes de que llegásemos.

Él tampoco había estudiado mucho, seguro. Nos contó que le dolía la cabeza después de haber asaltado el mueble de las bebidas alcohólicas con Charlie la noche anterior.

—Cogí un poco de cada botella y me lo bebí todo junto —nos explicó.

—¿Y estaba bueno? —preguntó Poppy dudosa.

Jez se encogió de hombros y desapareció en la cocina. Desde la puerta, acerté a ver un montón de platos sucios y una pila de cajas de pizza.

—No sé, sabía a alcohol —dijo con aires de ser todo un experto en beber alcohol.

—A mí mis padres no me dejan nunca sola en casa —comenté. Claudia pareció sorprendida.

—¿En serio? ¿Nunca?

—¡Nunca! Ni cinco minutos, si mi madre puede evitarlo.

—A mí viene a verme la vecina todos los días —dijo Jet—. Para comprobar que no me he largado conduciendo el BMW de mi padre.

—Mi madre siempre está trabajando o por ahí con su novio —dijo Claudia—. Así que, básicamente, hago lo que me da la gana.

«Caray, qué suerte tiene», pensé.

Poppy y yo fuimos al salón y nos sentamos cada una en un sillón. Era extraño, estaba nerviosa por Poppy mientras que ella parecía muy tranquila. De hecho, en parte el problema de Poppy era precisamente que se sentía demasiado a gusto con Jez. Podía pasarse toda la vida siendo su amiga sin más, sin tomar ningún tipo de iniciativa. Claudia también parecía muy relajada, como si hubiese estado en casa de Jez mil veces. Se sentó en el sofá de piel color crema con las piernas estiradas, sin quitarse siquiera los zapatos. Cuando Jez llegó de la cocina con las bebidas, tuvo que hacer equilibrios para esquivarla.

—Lo siento, ¿estoy en tu sitio? —dijo Claudia, apartando las piernas.

—No, no pasa nada —dijo Jez, sentándose junto a ella después de dejar las bebidas en la mesa—. ¿Vemos una peli?

Era genial ver una película en la televisión gigante de Jez con las luces bajas. ¡Casi como estar en el cine! No podía dejar de pensar que a Luke le habría encantado. Miré varias veces a Claudia, pensando que a lo mejor teníamos que ponernos de acuerdo para levantarnos y dejar solos a Jez y a Poppy, pero ella no se dio cuenta.

Cuando terminó la película, Claudia fue a por una Coca-Cola. ¡Bien! Me levanté y me disponía a proferir una excusa para ir tras ella, pero antes de que pudiera abrir la boca, Claudia apareció por la puerta del salón con una camiseta de fútbol en la mano.

—¿Es tuya? —le preguntó a Jez—. Estaba en el tendedero del cuarto de la plancha. ¿Me la puedo probar?

—¿Por qué?

—¡Porque me encanta el Arsenal! Solía ir a los partidos con mi padre —dijo Claudia mientras se ponía la camiseta encima de la suya. Estaba pensando en lo bien que le sentaba aquel color cuando, de repente, sonó el timbre. ¡Cinco minutos antes de tiempo! Miré a Poppy, que tenía la misma cara que Cenicienta al darse cuenta de que ya era medianoche, aunque sólo fueran las diez menos cinco. Miré por la ventana del salón y vi a mi madre, con el amarillo de su chándal difuminado a través del cristal esmerilado. Me vinieron dos cosas a la cabeza. La primera: ¿por qué un chándal amarillo? Y la segunda: ¿no podía habernos esperado en la esquina como le pedí que hiciera?

—¿Tu madre viene ahora a buscarte? —le preguntó Poppy a Claudia.

—¿Mi madre, venir hasta aquí a recogerme? —repuso Claudia—. Qué va. Me mandará un taxi. Pero creía que nos íbamos a las once...

—A las diez —dijo Poppy.

—Vaya —exclamó Claudia—. Lo siento, os entendí mal.

—Puedes llamar al taxi tú.

—No tengo el número.

Mientras hablábamos, Jez se levantó para ir a abrir. ¿En qué estaba pensando?

—¡Vuelve aquí! —susurré—. ¡Mi madre cree que estamos en casa de Jessica!

Corrí hasta la entrada y empujé a Jez dentro del baño de debajo de las escaleras. Gracias, Dios, por las casas con muchos baños.

—¿Quién es Jessica? —preguntó Claudia.

—Sí, ¿quién es Jessica? —gritó Jez desde el baño en tono quejumbroso y ahogado.

—No importa —dije mientras Poppy se dirigía hacia la puerta para abrir. Se aclaró la voz para tapar los ruidos provenientes del baño. Esbozamos una sonrisa inocente al unísono.

—¿Lo habéis pasado bien? —preguntó mi madre—. ¿Dónde está Jessica?

—En el baño —me apresuré a contestar.

—Lo hemos pasado muy muy bien, ¿verdad? —dijo Poppy. La miré, pero ella seguía sonriendo—. Jessica es genial —añadió maliciosa.

Cuando volvieron a empezar las clases, la madre de Poppy le dijo que ya no podía salir más hasta después de los exámenes. Era tremendamente injusto; ahora que lo de Jez y Poppy iba por buen camino, no íbamos a ir más al centro juvenil (lo cual significaba que yo tampoco vería a Luke). Cómo no, empezó a hacer un sol espléndido casi todos los días. Típico sarcasmo climatológico. A la hora del almuerzo, nos sentábamos en el patio con las faldas subidas hasta la base del muslo y los calcetines por los tobillos. Comparábamos nuestro bronceado por la marca del reloj en la muñeca. Vi un par de veces a Lorraine, la chica de la que me había hablado mi madre. Tenía el pelo teñido de rojo y daba un poco de miedo.

Todas las conversaciones giraban en torno a los exámenes. Algo así:

Persona A: *¡No he estudiado nada! ¡Qué horror!*
Persona B: *¡Yo sí que no he estudiado nada, en serio!*
Persona A: *No, yo sí que no. De verdad, es que ni he abierto el libro.*
Persona B: *¡Yo no me sé nada! ¡Voy a suspender!*

En realidad, nadie lo decía en serio, sólo yo. Estaba realmente preocupada. ¿Qué ocurriría si suspendía todos los exámenes? ¿Y si me había estudiado lo que no era? No podía estudiármelo todo, era imposible. Había párrafos ilegibles en mis apuntes, sitios donde lógicamente me había quedado dormida en clase. ¿Y si caía eso en el examen?

Cuando empezaron los exámenes, todo fue tan mal como esperaba. Los nervios incluso afectaron a Sasha, que estaba preocupada por la parte de mecanografía en el examen de informática y no paraba de decir que iba a activar el corrector ortográfico para no equivocarse (lo cual, obviamente, estaba prohibido y era como copiar). El examen de ciencias me restó unos cinco años de esperanza de vida. Las profesoras se ponen tan solemnes y oficiales en los exámenes... Venga a caminar de un lado a otro del aula, leyendo lo que escribes y sobresaltándote cada vez que exclaman: «¡Podéis empezar!», o: «¡Quedan cinco minutos!». Lo único que consiguen es ponerte más nerviosa.

—¡Ay, ha sido horrible! —dijo Sasha mientras salíamos del de ciencias.

—¿Cuál era la respuesta a la pregunta tres? —pregunté con intención masoquista—. Yo he puesto «fotosíntesis».

—Me parece que era «fototropismo» —se inmiscuyó Susanna Forbes.

—¡Qué horror, voy a suspender! —exclamé presa del pánico post-examen.

—Además, ésa valía ocho puntos —agregó Susanna.

—Bueno, por lo menos habéis contestado algo. Yo he dejado la mayor parte en blanco —dijo Bethan, que parecía que iba a empezar a hiperventilar en cualquier momento.

—Luke dice que estos exámenes no cuentan —dijo Poppy para tranquilizarme cuando nos subimos al autobús. El oral de francés era al día siguiente. Qué horror, qué horror.

—Eso lo dice sólo porque él está haciendo los finales de secundaria —repuse—. En nuestro curso sí que cuentan. Vale que la señorita Rustford está más relajada, pero sigue poniendo la misma cara cuando hacemos teatro en francés y escucha nuestro acento, como si la estuvieran matando.

—Holly, ¿de dónde es la señorita Rustford?

—De aquí.

—Exacto. ¿Qué sabrá ella entonces del acento francés?

Cuando llegué a casa, repasé mi horario. Vale, tenía quince minutos para cada tema, pero tenía que irme a la cama a la una y levantarme a las cinco y media para repasar las «expresiones útiles» y los números.

Relájate, Holly. Relax. Come un poco de chocolate y todo saldrá bien.

De ratones y hombres

Después de veinte mil millones de años (bueno, en realidad fueron dos semanas), por fin se acabaron los exámenes, ¡Y casi todo el mundo sobrevivió! El último examen fue el de lengua, y no me salió nada mal. Es mi asignatura preferida y la que mejor se me da, aunque eso no se lo diría a nadie. No creo que fuese una buena idea, cuando todas se pasaban el día autoconvenciéndose de que tendrían algún punto sólo por haber escrito su nombre. El oral de francés, en cambio, fue horrible. ¿En el zoo? ¡Eso no lo habíamos visto en clase! Y además, ¿cómo iba yo a saber que si pronuncias mal *beaucoup* puede sonar como *beau cul,* que significa «bonito culo»? Tuve un mal presentimiento respecto a mi nota de francés.

Cuando acabaron los exámenes me sentí realmente feliz. ¡Ya no tendría que memorizar nada más por un tiempo! Tralará. El viernes, Poppy me invitó a su casa antes de ir al centro juvenil. Celebrábamos que ya podía ver de nuevo a Jez. En cuanto entré en su habitación, me agarró solemnemente por los hombros y me sentó junto a la ventana. Se me escapó una risita.

—Holly —comenzó muy seria—, nos hemos distraído más de la cuenta estudiando. Estudiando, haciendo exámenes y otras muchas cosas aburridas.

—¿Distraído de qué?

—¡Pues de nuestros propósitos de Año Nuevo!

—Pero...

—Ya han terminado los exámenes, ahora podemos volver a salir. ¡Vamos a ello!

—¿A qué?

—A nuestra lista de cosas pendientes. ¿No te acuerdas? Chicos, besos, Jez, Luke...

—¿A qué viene todo esto?

—Es por este artículo —dijo. Cogió una revista de la pila que tenía junto a su cama y me la pasó. El articulo rezaba así: «¡Hazlo tuyo!», y la foto mostraba a una chica de aspecto engreído colgada del cuello de un guapo modelo—. Dice que los chicos nunca toman la iniciativa, y que las chicas tenemos que forzar un poco las cosas.

Poppy cogió la camiseta blanca que le había regalado Claudia y continuó, con la voz amortiguada tras la tela:

—No he visto a Jez últimamente, y así no se aceleran las cosas. Ahora que han terminado los exámenes, ha llegado el momento de flirtear un poco.

Caray.

—Y tú, ¿qué vas a hacer con Luke? —siguió mientras se rociaba con colonia frente al espejo.

—Eh... ¿Qué quieres decir con qué voy a hacer?

—¡Pues lo que acabo de decir! No tienes nada que perder.

Eso no era cierto. Siempre hay algo que perder. Me entró el miedo.

—Podría... No sé, quiero que pase algo, claro, pero... ¿qué puedo hacer yo?

—¿Iniciar una conversación?

Me reí.

—Yo no soy como tú ni como Sasha.

Poppy me miró un momento como si fuese a decir algo, pero no dijo nada.

Seguí leyendo el artículo. El entusiasmo de Poppy era entrañable, pero no tenía mucho sentido. Estaba claro que lo de Poppy y Jez iba a salir adelante, tanto como que Claudia deslumbraría a alguien nuevo en cualquier momento. Pero, ¿cómo iba yo a iniciar una conversación con Luke? ¿Y si me quedaba en blanco o decía alguna estupidez?

Suspiré. Poppy suspiró a su vez y continuó maquillándose, Proseguí mi lectura hasta que, de repente, se me encendió una bombilla, como pasa en los dibujos animados.

—¡Ya sé! —salté de pronto.

—¿Qué?

—Puedo escribir algo y leerlo en voz alta. ¡Lo dice aquí!

Poppy se asomó por encima de mi hombro.

—No, no dice nada de eso. Dice que le hables del horóscopo.

—Ya, pero es perfecto. Puedo escribir un horóscopo yo misma —estaba pensando en voz alta, embargada de nuevo por la esperanza—. ¡Se me da bien escribir cosas! Le leeré a Luke su horóscopo como quien no quiere la cosa, de una de tus revistas, pero lo habré escrito de antemano. No se va a dar cuenta de que lo he hecho yo; los horóscopos se pueden interpretar de muchas formas. ¡Seré muy sutil! Pero concreta.

—Ya sé que escribes bien, pero cosas para el cole y todo eso. No creo que funcione con los chicos —dijo mientras jugueteaba con el pincel del rímel.

—¡Pero es que si hablo con él voy a estropearlo todo! Si lo escribo puedo planearlo por adelantado.

—Pero...

—Es un plan perfecto —corté con firmeza.

* * *

Si tengo que ser justa, el Plan Perfecto empezó muy bien. Cuando fui a casa de Poppy el domingo, Luke estaba en la habitación de Poppy encorvado en una silla junto a la jaula de *Ratón.* Le lancé a Poppy una mirada cómplice.

—Está dibujando a *Ratón* mientras duerme —explicó ella como si Luke no estuviese allí—. Va a hacer el itinerario de arte el año que viene.

—¿Y dibuja «naturalezas muertas»?

—No sé. Vamos abajo.

—Ah... Pero... ¡tus padres están viendo la tele! Así no podremos hablar. Será mejor que nos quedemos aquí arriba.

Poppy puso los ojos en blanco.

—Bueno, pues nos quedamos... —Poppy estaba de mal humor porque, después de tanta preparación, Jez no había ido al centro juvenil el viernes.

Encantada, cogí unas cuantas revistas del montón, las dejé en la cama a mi lado y esperé el momento perfecto. Estaba muy contenta con el horóscopo de Luke: me había pasado horas redactándolo, (creo que el error de las redacciones y trabajos del colegio es precisamente ése: deberían contar con un aliciente, como por ejemplo la posibilidad de ligarte al amor de tu vida).

Cinco minutos después, Luke empezó a maldecir con el lápiz entre los dientes.

—Maldito bicho, se ha metido en el rollo de papel higiénico.

—¡Es un ratón, no un bicho!

—¡Cállate!

—¡Cállate tú!

El plan corría peligro. Miré a Poppy con la cara más inocente que pude y le dije:

—Poppy, ¿quieres que te lea tu horóscopo?

—Pero si esa revista es de hace añ... —empezó.

—Bueno, pero te servirá como *guía.*

—Eh... Vale.

—«Piscis —leí, triunfante, de entre los horóscopos auténticos—. Estás malgastando el tiempo, como siempre. Con Marte en el ascendente, tienes que asegurarte de que todo es lo que parece. Evita tomar decisiones importantes en los días de luna nueva».

Luke no parecía estar prestando atención, no dejaba de fruncir el ceño y pinchar a *Ratón* con el lápiz.

—Se mueve demasiado.

—¡Estás pinchándole con un lápiz!

Vaya. Poppy tampoco parecía estar escuchando.

—Bueno —interrumpí con animosidad—, Luke, ¿qué signo eres?

—¿Cómo?

—¿Qué signo del zodiaco eres?

¡Yo ya lo sabía! Era Libra, pero no iba a decir nada. Qué sutileza la mía.

—No sé.

—¿Cuándo es tu cumpleaños?

—El seis de octubre.

—Entonces eres Libra.

Poppy emitió un gruñido, pero yo estaba lanzada. Aquello, aunque discreto, era una forma de acelerar las cosas entre nosotros. En serio.

—«Libra es muy perceptivo —comencé a leer del papelito que había guardado entre las páginas de la revista—, pero esta vez no estás dándote cuenta de lo que tienes delante de ti. Mira por los alrededores de tu propio hogar, descubrirás que ha merecido la pena esperar por esta chica».

Luke levantó la vista. ¡Bravo!

—¿Querrá decir «chico», no? ¿Esa no es una revista para chicas?

Cachis.

—Ah, sí. Persona, dice, «persona».

—Vale.

—A ver... Tienes la luna en Saturno, mientras que tu casa solar está ascendiendo hacia Urano —improvisé, para poner un toque de seriedad.

—¡Déjale ya, vas a hacerle daño! —gritó Poppy de repente. Se dirigía a Luke, que estaba intentando sacar a *Ratón* de su jaula.

—No, no le haré nada —dijo Luke—. Tengo una idea. Voy a colocarlo en la lámina y dibujaré el contorno a su alrededor. Así será más fácil.

—¡No! —chilló Poppy tirándole una revista a la cabeza.

—¡Uf! —Luke le echó un poco de serrín de la jaula en el pelo. Hice una pausa mientras consideraba que mi teoría sobre las chicas con hermanos mayores (tienen un suministro automático de relaciones masculinas que las ayuda en la vida) tenía toda la pinta de ser cierta.

—¡Déjame! —vociferó Poppy.

—¡Déjame —la imitó Luke poniendo voz de falsete—. ¡Intenta detenerme, Pop!

—¡Por lo menos mi nombre no rima con avestruz!

Me escabullí para librarme de la pelea que se avecinaba. La pila de revistas de Poppy se derrumbó y se esparcieron desordenadas sobre la cama.

—¿Qué es esto? —dijo Luke, aprovechando para tomar aire mientras sujetaba el pelo de Poppy con una mano. Una tarjeta pequeña y rectangular se había escapado de entre las páginas de una de las revistas y había aterrizado junto a su codo. Pensé, presa del pánico, que era el papel con el horóscopo falso que había escrito.

Pero no era eso.

La comedia de los errores

Estuve dándole vueltas a la posibilidad de que la situación pudiese salvarse de alguna forma, pero cuando se lo conté a Sasha a la mañana siguiente, se mordió el labio y dijo:

—Ay, Holly. Primero no sabía quién eras. Luego pensaba que eras rara. Ahora sabe que eres rara.

Solté un gemido y enterré la cabeza en el pupitre. Iba a matar a Poppy. ¿Cómo se le ocurrió guardar la postal del viaje a la nieve? ¿Por qué no la quemó o algo así? Menuda cara se le quedó a Luke después de leer el mensaje en tinta rosa. Algo así como sorpresa mezclada con confusión. Sé que, técnicamente, le había pedido a Poppy que interceptase la postal, no que la destruyese, pero, ¡por todo el chocolate del mundo!

Poppy estaba muy compungida y no paraba de pedirme perdón. Decía que si ella hubiese pensado que alguien podía leer la postal, la habría tirado a la basura. Pero no la iba a haber tirado a la basura en su casa. ¿O sí? Podía haberse escabullido en mitad de la noche para tirarla al río, o haberla triturado y habérsela comido para más seguridad, o... Vale. Tampoco había por qué exagerar. Todo estaría bien siempre y cuando no volviese a ver a Luke en mi vida.

Casi podía escuchar el esfuerzo del cerebro de Sasha mientras buscaba algo positivo que decirme.

—Míralo así: sólo le has lanzado una indirecta, tampoco es tan grave.

¿Una indirecta? ¡Le había mandado *besos con lengua* en tinta rosa! Y, si no recuerdo mal, algo sobre que me gustaría que estuviese en mi habitación.

Por si aquello fuera poco, el viernes ocurrió una cosa muy rara en clase de informática. Bueno, en realidad fueron dos cosas. Lo primero, que nos dieron las notas, ¡y Sasha había sacado exactamente la misma nota que yo! Y lo más importante, ¡recibí un correo electrónico de Stuart! ¡Stu, el hombre-ceja-oservador-de-pechos! Se supone que tenía que estar haciendo un ejercicio de hojas de cálculo, pero la señorita Stevenson estaba en la otra punta de la clase, así que miré mi correo en silencio (si lo miro en mi casa, mi madre me espía por encima del hombro). Llevaba fecha del día anterior y decía así:

Querida Holly:
Ya sé que no nos conocemos demasiado, pero me gustas mucho y me encantaría volver a verte. Si yo también te gusto, escríbeme y quedamos algún día.
Besos – Stu

¿Besos? Puaj. Me debatí entre varias opciones:

1. *Matar a Jez por haberle dado a Stu mi dirección de correo.*
2. *Emocionarme por recibir un mensaje de un chico en clase de informática (aunque, obviamente, desearía que lo hubiese escrito alguien que me gustase).*
3. *Sentirme halagada por tener alguien a quien rechazar con educación, como toda la gente tremendamente deseable.*

Obviamente, Stu estaba probando suerte, porque si tanto le gustaba, lo normal hubiese sido que me escribiese justo después del cine, ¿no? No pensaba salir con él, y estaba segura de que podía decirle que no sin herir sus sentimientos. Después de todo, era una época del año muy... eh... difícil, y tenía que... esto... tener hechos los deberes de la semana para el lunes. ¡Una excusa perfecta! No tenía tiempo para quedar con él, y mucho menos para empezar una relación.

La señorita Stevenson anunció que quedaban cinco minutos, así que escribí el correo a toda prisa y le di a Enviar justo a tiempo para que no me viese nadie. Cuando sonó el timbre, iba a apagar el ordenador cuando vi un nuevo correo en mi bandeja de entrada. Miré a la señorita Stevenson, pero volvía a estar en el lado opuesto del aula ayudando a Rashida a imprimir sus ejercicios, así que abrí un segundo correo de Stuart. Qué miedo. ¿Me estaba acosando?

Querida Holly
No sé qué decir. Estamos en la hora de la comida y acabo de ver tu correo. No te preocupes, es genial que una persona tenga tan claro lo que quiere en la vida. Eres alguien muy especial.
Espero verte muy pronto.
Muchos besos.
Stu

Parecía que Stu estaba negando mi rechazo para amortiguar así su dolor. Caray. ¡Le había dado calabazas y había vuelto a por más! ¡Y me decía que era una persona muy especial! La verdad es que era bastante halagador. Deseé tener cerca a Claudia para pedirle consejo, pero estaba en casa con dolor de muelas, así que me quedé sola con mi confusión. Imprimí a escondidas todo el hilo de correos de Stu junto con mis ejercicios, y lo guardé rápidamente en la mochila.

Estaba poniendo al día a Poppy sobre el amor no correspondido de Stu cuando Jez me llamó.

—¿Quieres hablar con Poppy? —le pregunté.

—Bueno, en realidad, quiero hablar contigo —dijo—. Me he enterado de lo de Stu, y estoy bastante sorprendido, si te soy sincero.

«Pobre Stu», pensé. Tiene que estar realmente hundido si ha ido corriendo a contárselo a Jez. Los chicos nunca hablan de sus sentimientos a menos que estén muy mal.

—Ah, vale —dije. De repente, me sentí fatal. ¿Es que todo el mundo opinaba que debía salir con Stuart?

No encontraba las palabras para regañar a Jez por haberle dado mi dirección de correo a Stu. A Jez tampoco parecía importarle demasiado que hubiese rechazado a su primo, pero yo me sentía muy mal. Era una persona cruel y horrible.

—Bueno, es que resulta muy difícil expresarse por correo electrónico —me excusé, mientras sentía cómo la culpa me ahogaba—. No tenía tiempo para entrar en detalles. No quería...

—No, no, está bien —me interrumpió Jez—. ¡No hacen falta más detalles!

—¿No crees que he sido demasiado sincera?

—No... Creo que él te lo agradece. De hecho, yo creo que a él le ha gustado.

Madre mía. El pobre Stu debía de ser muy tierno si seguía teniendo una buena opinión de mí después de que hubiese herido sus sentimientos. Qué estresante era sentirse deseada y esperar las notas de los exámenes a la vez.

Fuimos a casa de Poppy para hablar de lo de Stu. Poppy estuvo cinco minutos enteros quejándose porque una profesora sustituta la había llamado «Puppy», pero yo creo que estaba enfadada porque Jez no había preguntado por ella.

—Creo que Jez tampoco quiere precipitarse —la tranquilicé una vez que estuvimos sentadas en la cama con las piernas cruzadas—. Él también ha tenido exámenes, no lo olvides. Además, nos invitó a su casa, ¿no?

Poppy no parecía muy convencida. Se quedó con la vista fija en su edredón mientras mordía el capuchón del boli.

—Llámale. Le gustas de verdad —intenté animarla—. Podemos volver a ir todos juntos al cine. ¡Venga, llámale!

—Aj. Tengo tinta en la boca —se quejó.

—¡No cambies de tema!

—¿Y si me enveneno?

—Dame tu móvil.

—No, llamaré yo —dijo, aunque no se movió, sino que se limitó a mirar el móvil de reojo.

—¡Pues llama! —urgí. Tenía que ir al baño.

—Vaya, de repente tienes mucha confianza en ti misma… ¿Y eso por qué?

—Por nada.

—Te ha encantado el correo de Stu, ¿verdad?

—No.

Poppy levantó una ceja.

—Bueno, vale, un poco —reconocí.

—¡Qué fuerte!

—¿Qué pasa, nunca había tenido un amor no correspondido...?

Poppy puso los ojos en blanco. Bueno, estaba siendo sincera, ¿no?

—No va a pasar nada, pero aun así, me siento halagada. Ha sido tan insistente, incluso después de que le dijese que no quería nada con él. Es que le gusta mi personalidad. Eso es muy halagador, más que la atracción física. Mola. Pensaba que todos los chicos eran superficiales, pero parece que no.

Poppy suspiró profundamente (claramente molesta por la calidad de mis admiradores si lo comparábamos con su *affaire* con Yves), y pulsó el botón de llamada en su móvil. Me incliné hacia ella para darle ánimos, pero Poppy me enseñó el teléfono. Estaba comunicando.

* * *

De camino a casa vi a Luke. Estaba muy guapo y atractivo al mismo tiempo, pero me crucé de acera para que no me viese. A pesar de la inyección de confianza recibida por el incidente de los correos de Stu, aún me mortificaba el hecho de que Luke hubiese leído mi postal. Me fui corriendo hasta casa, me asomé a la ventana y le miré desde allí como Julieta mirando a Romeo. Lorraine pasaba en aquel preciso instante por el otro lado de la calle. Encendió un cigarrillo y me miró con desdén. Qué chica tan antipática.

Me cambié el uniforme y me disponía a entrar en la cocina a buscar una galleta cuando pillé a Jamie y al malvado Liam rebuscando en mi mochila. ¡Ay, no, mi gorro de baño otra vez no!

¡Dejad mis cosas! ¡El gorro de baño no está ahí! ¡Y ni se os ocurra volver a cambiarme el tono del móvil!

¡El malvado Liam tenía en la mano el folio en el que había impreso los correos de Stuart!

Intenté quitárselo.

—¡Eso es mío! ¡Dámelo! ¡Mamá!

—¿De verdad lo quieres? —me desafió el malvado Liam, al que claramente deberíamos llamar «el diabólico Liam». Le miré y, acto seguido, miré el folio que sostenía delante de mis narices. Justo entonces, me di cuenta de dos cosas. La primera, que se había impreso también mi correo de respuesta a Stu. La segunda, que mi correo decía así:

Hola, Stu:
No creo que podamos quedar este fin de semana. Nos han puesto bastantes deberes, y tengo que tener mucho pecho para el lunes. Por eso no puedo salir demasiado, aunque sería con-

veniente que me diera el sol porque estoy muy salida. Espero que no te importe.
Saludos –Holly

—«Tengo que tener mucho *pecho* para el lunes!» —leyó el malvado Liam ahogándose de la risa.

Me quedé mirando el folio sin poder articular sonido alguno.

—No puede ser —murmuré al fin—. Estoy muy *pálida,* no muy *salida... Hecho,* no *pecho.* Dios mío, ¿cómo ha podido pasarme esto?

Doblé el folio y me lo guardé en el bolsillo de los vaqueros.

Muy salida.

Mucho pecho.

Qué horror.

* * *

Aquella misma noche, lo vi claro y llamé a Sasha desde mi móvil.

—¡Es tardísimo! —contestó con voz de recién levantada—. Y te oigo fatal.

—Estoy metida en el armario para no despertar a mi madre. Pero esa no es la cuestión. Escucha, ¿copiaste en el examen de informática?

—¿Cómo?

—¿Copiaste o no?

—Bueno, tenía miedo a la parte de mecanografía, así que activé el corrector automático. ¡Es genial! De paso, lo activé en tu ordenador también.

Respiré hondo y se me metió por la nariz una pluma de una boa que tenía en el armario. Resoplé un poco para no estornudar.

—¿Y no te has parado a pensar que a veces cambia palabras que no quieres cambiar?

—¿Y qué? Las dos hemos sacado un ocho con seis, es una nota genial.

¡Ahhhh!

* * *

El sábado fui de compras con Poppy, oficialmente para pasar el trauma de la postal, y extraoficialmente para pasar el trauma del correo electrónico. No le había mencionado el incidente a Poppy. ¿Cómo iba a decírselo? Era demasiado humillante, después de haberme mostrado tan halagada por la insistencia de Stuart. Ay. Ni siquiera me atreví a contarle a Sasha lo que había conseguido con su truco.

Era horrible, Stu y la mayoría de sus amigos pensaban que era una ninfómana empedernida. Me gasté toda la paga en un acondicionador para el pelo, pero aun así no podía quitarme de la cabeza todo aquel asunto, ni que el folio con los correos seguía en el bolsillo de mis vaqueros. No podía sacarlo o Poppy lo vería. Ya podía imaginarme la conversación.

—¿Qué es eso?

—Oh, nada, Stu, que cree que quiero abalanzarme sobre él. —¡Pero si tú creías que eras su amor platónico!

Todo seguido de risas histéricas por parte de Poppy.

Fuimos al McDonald's y ni siquiera podía decidir qué pedir. No podía concentrarme en nada. Decidí que le pediría a Jez en secreto que me ayudase a arreglar las cosas. (Menos mal que no había llamado a Poppy para contárselo). Le pediría que no se lo contase a nadie y después almacenaría aquel incidente en el compartimento más recóndito de mi cerebro con el cartel: «No volver a pensar en esto nunca más».

Cuando estábamos saliendo del McDonald's con nuestros menús para llevar, descubrimos una cara conocida en una de las colas.

—¡Claudia! —gritó Poppy, Claudia se giró esparciendo su cabellera oscura a su alrededor, con las cejas levantadas en señal de sorpresa, y se salió de la cola.

—¡Hola! —dijo—. ¿De compras?

—Sí, me he comprado esta chaqueta —empezó a decir Poppy, mientras la sacaba de la bolsa para enseñársela—. Hemos entrado en un millón de tiendas y al final hemos vuelto a por la primera que vi.

—¡Qué bien! —dijo Claudia. No dejaba de jugar nerviosamente con su monedero. Cuando se dio cuenta de que la estaba observando, paró—. Bueno, me alegro de veros —dijo abruptamente—. Será mejor que os vayáis, que se os va a enfriar la comida.

Volvió a su puesto en la cola y nosotras nos giramos para marcharnos. Pensé que Claudia actuaba de una forma extraña (aquel último comentario había sido propio de cualquier madre), cuando, de repente, Poppy se paró en seco.

—¡Ése es Jez!

Era Jez. Estaba solo en una mesa. Por un momento, miró hacia donde estábamos, pero no pareció vernos. Luego fijó al fin la mirada en nosotras; allí plantadas como dos pasmarotes, agarradas a nuestras bolsas de papel.

No estaba solo; estaba esperando a alguien.

A Claudia.

El paraíso perdido

Se podría haber escuchado hasta el sonido de una patata frita al caer al suelo. Sin decir una palabra, Poppy miró a la cola donde estaba Claudia, y luego a Jez, y así sucesivamente. Vi cómo Claudia se giraba un microsegundo y establecí contacto visual con ella. Presa del pánico, se volvió a dar la vuelta.

Jez se levantó de golpe.

—¡Hola! —exclamó con voz estrangulada—. Qué sorpre...

Poppy no esperó a que terminara la frase. Salió corriendo del local, casi volando junto a un cono amarillo que señalaba una parte del suelo que estaba mojada. No se detuvo hasta que llegó al parque. Corrí tras ella y me senté a su lado en el césped mientras recobraba el aliento. Respirando de forma irregular, sacó la hamburguesa y las patatas de la bolsa y se las puso en el regazo. Yo no sabía qué decir.

—Puede hacer lo que quiera —dijo al fin Poppy, con un hilo de voz—. Después de todo, no estamos juntos, ¿no? —le puse la mano en el hombro mientras ella intentaba abrir un sobrecito de kétchup, sin éxito—. ¡Maldita sea! —exclamó. Y rompió a llorar.

* * *

Decidimos que las compras ya no eran prioritarias y nos fuimos a casa. Poppy quería estar un rato sola. Cuando nos despedimos en nuestra calle me dijo:

—Holly, ¿puedes averiguar qué es lo que ha ocurrido? ¿Y si lo sabe todo el mundo menos yo?

—Claro que sí —asentí.

Me senté en el descansillo de la escalera junto al teléfono, intentando asimilar todo lo que había ocurrido. Maldita sea. Era un mal momento para estar sin saldo. Afortunadamente mi padre estaba en el cobertizo arreglando las cuchillas de los patines de Jamie, así me libraba de una charla de ésas de no-entiendo-por-qué-tienes-que-hablar-por-teléfono-con-gente-que-vive-en-la-misma-manzana. Mi madre estaba en el jardín, lo cual era un poco más arriesgado, pero confié en que se quedase allí un rato.

Pensé en llamar a Jo, pero me paré a la mitad mientras marcaba su número. Después de todo, Jo y Claudia eran amigas. ¿Qué le iba a decir? Así que colgué y llamé a Sasha, que fue muy comprensiva. Se sorprendió mucho y se interesó sobre todo por cómo estaba Poppy. Ni siquiera un «te lo dije», a pesar de que nos había advertido sobre Claudia. Estaba claro que Sasha y Claudia no se parecían en nada, a pesar de todo. Sasha tenía un mínimo de integridad. Sasha llamó a Bethan (la centralita de los cotilleos) para ponerla al tanto, y luego me llamó a mí de nuevo. El descansillo de mi escalera era el Cuartel General de Emergencia.

Poppy me llamó antes de que hubiese decidido cómo iba a darle las malas noticias.

—¿Qué has averiguado? —preguntó entre sollozos. Su voz sonaba apagada, como si estuviera debajo del edredón.

—Eh... —dudé, mientras miraba una sombra que había aparecido junto a la ventana. ¡Lo sabía! Mi madre estaba merodeando por allí, fingiendo que regaba las plantas.

—¡Dímelo!

—Bueno... He llamado a Sasha, y ella ha llamado a Bethan... Parece ser que Claudia y Jez hicieron pellas el viernes para ir al centro.

Silencio. Tragué saliva y continué en voz baja.

—Bethan escuchó cómo Claudia se lo contaba a *Supertanya* el otro día en los vestuarios. Hasta ahora no se había dado cuenta de que Claudia hablaba de Jez.

Con razón, la voz de Poppy sonó muy aguda.

—¿Que hicieron pellas? —saltó.

—Ya —dije con todo el dolor de mi corazón.

—¡Eso era algo *nuestro!* ¡Era algo que íbamos a hacer juntos! ¡Como en la peli de *Todo en un día!*

—Lo sé.

—Así que no estaba en casa con dolor de muelas viendo a la estúpida de su madre por la tele...

—No. Escribió ella misma la justificación. Fueron a comprar cosas para las vacaciones de Claudia.

—¡Él sabe que íbamos a hacer pellas juntos!

Mi madre seguía por allí haciendo como que cepillaba los zapatos del armario de la entrada. Bajé aún más la voz.

—Lo sé. Me parece fatal.

—¿Cómo han podido?

—No tiene nombre. Son tal para cual.

A Poppy empezó a temblarle la voz.

—Ya sé que he dicho que quería estar sola, pero... ¿te vienes un rato? Si no te importa...

Respiré hondo. No quería arriesgarme a encontrarme de nuevo con Luke después de lo de la postal, pero aquello era importante.

—Claro que sí. Estaré ahí en cinco minutos.

Convencí a mi padre para que me adelantase la paga de la semana siguiente (seguramente mi aspecto era desesperado), y corrí hasta el quiosco con la poca energía que reservo para las emergencias. Irrumpí en la habitación de Poppy con una revista que le había comprado y me encontré con Luke sentado en la cama junto a ella. Horror. Lo último que quería era verle. Estaba moreno, ya que había ido de excursión con su clase, y eso le hacía parecer más irresistiblemente guapo de lo habitual. Tenía la piel dorada y parecía que los ojos se le iban a salir (porque destacaban por el moreno, no porque los tuviese saltones como un dibujo animado japonés). Me debatí entre mis ganas de salir corriendo de aquella casa y mi habitual impulso de abalanzarme sobre él. Al final, conseguí recomponerme y sentarme al otro lado de Poppy. Me agarré muy fuerte a la cama y sólo me permití soltarme de una mano para darle a Poppy la revista, que venía con una muestra gratis de antiojeras. Todo el mundo sabe que las muestras gratuitas animan a cualquiera.

Poppy me dio las gracias y rompió a llorar. Con aspecto preocupado, Luke le pasó el brazo por encima a su hermana y le palmeó torpemente la espalda. Estábamos a un centímetro de distancia, pero en realidad la separación era metafóricamente mucho mayor, puesto que él debía de pensar que era una idiota.

El gesto de cariño de Luke hizo que Poppy llorase con más fuerza. Se puso a balbucear entre mocos y sollozos.

—Se fue al... al... centro con... ¡con ella! Y ahora estoy... sola... y...

—Ya pasó —la tranquilicé. Le hice un gesto a Luke para que me ayudase con unas palabras de ánimo, pero él parecía no saber cómo gestionar la situación. ¡Se le veía tan perdido! Nunca me había imaginado algo así de él; parecía tan seguro de sí mismo... Por un momento, le vi completamente indefenso sin saber cómo consolar a su hermana—. No estás sola, tienes un montón de amigas —aventuré. Miré de nuevo a Luke, que se encogió de hombros—. Ya sé lo que necesitas —le dije—. ¡Chocolate! Vuelvo enseguida.

Luke me miró asustado. —¡Voy contigo!

Vaya.

Bajé las escaleras seguida de Luke.

—Yo te ayudo. Sé dónde tiene mi madre las cosas —dijo. Intentó adelantarme cuando alcanzamos la puerta de la cocina, pero nos hicimos un lío y nos chocamos el uno con el otro. Me agarré al marco de la puerta.

—Detrás de ti —alcancé a decir.

Luke entró en la cocina, se puso de puntillas y sacó de un armario un bote de cacao en polvo.

—¿Esto servirá?

—No sé. Es una emergencia. ¿No tiene tu madre algo más sólido? Nos miramos y empezamos a buscar como locos en todos los armarios, buscando chocolatinas de cualquier tipo. Luke miró en los armarios altos, y yo en los bajos. Por fin, encontré un paquete de Twix.

—¡Bingo! —exclamé, y al levantarme volvimos a chocarnos. No un choque de rodillas en el coche, no, esto fue un choque real, cuerpo a cuerpo.

—Lo siento —dijimos al unísono. Yo me aferré con fuerza a la encimera para calmar una oleada repentina de deseo. «Olvídalo, Holly», me dije.

Él me miró. La tensión se podía cortar con un cuchillo. O quizá era el sonido del envoltorio de las chocolatinas.

—Será mejor que le llevemos esto a Poppy —dije. Corrí escaleras arriba por si mi resolución se esfumaba.

Poppy estaba en el lugar exacto en el que la habíamos dejado, sollozando quedamente. Cuando le tendí las chocolatinas, esbozó una sonrisa lánguida y las dejó sobre la cama.

Aquello era muy serio.

Luke y yo nos sentamos cada uno a un lado de Poppy.

—¿Sabes qué? —dije, ya que parecía que no habíamos conseguido nada con el chocolate—. No necesitas a Jez. Pasaremos un verano estupendo. Somos jóvenes, libres y solteras.

Poppy arrugó la cara.

—¡Pero si no vamos a ir a ningún sitio de vacaciones! ¡Y además, tú tienes a Stu! ¡Aunque no te guste, tú sí le gustas a él! ¡Está... obsesionado contigo!

Pensé que si sacaba el folio doblado que tenía en el bolsillo y leía la estúpida cadena de correos, seguro que Poppy se animaba. Pero no podía hacer eso, ¡Luke estaba allí! Era demasiado humillante. ¿Cómo iba a explicarlo? «Bueno, en realidad no es que le guste, es que cree que soy ninfómana». No, por favor. Luke pensaría que era la persona más patética del mundo.

—Podéis salir los cuatro juntos, con Jez y Claudia...

Qué irónico. Ahora Poppy tenía miedo de que yo le diese a ella de lado. Pero más triste era que creyese que Stu estaba colgado por mí, cuando todo había sido un gran malentendido.

—No, eso no pasará —dije suspirando.

—¡Sí pasará! ¡Te irás con ella!

Miré a Poppy, que tenía la cara roja como un tomate y aspecto afligido. Luego miré a Luke, que estaba preocupado y guapísimo. Pensé que tenía que contárselo a Poppy. Así se animaría. ¿Pero cómo iba a ponerme en ridículo delante de Luke? ¡Otra vez! Me gustaba de verdad... Pero, qué demonios, aquello era más importante. Total, Luke ya pensaba que yo era una completa imbécil.

—En serio, no me iré con nadie. Mira esto.

Poppy me miró sin entender nada mientras yo sacaba el papel del bolsillo de mis vaqueros y se lo tendía.

—¿Qué es esto?

—Stu no está obsesionado conmigo —expliqué—. De hecho, no está ni enamorado de mí ni nada. Todo fue un malentendido.

—¿Cómo?

—El ordenador tenía activado el corrector ortográfico automático pero yo no me di cuenta. Mira, aquí quise poner hecho y lo cambió por pecho. Y aquí, un poco antes, quería poner pálida y puse salida. Total, que Stu pensó que estaba intentando... excitarle.

Poppy torció la vista ante el folio con los correos.

—Madre mía, qué vergüenza, ¿no?

—Lo sé.

—Y tú pensaste que...

—Sí.

—¿Estás bien?

—Estoy bien —dije—. Por lo menos, no le di las gracias por el mensaje ni le insinué que nos viésemos en un lugar púbico.

Poppy se sorbió la nariz y volvió a mirar el correo electrónico. Al rato, menos mal, se empezó a reír. Al principio, muy bajito. Luego, gradualmente, su risa fue tomando forma y acabó en una risotada en toda regla. Miré rápidamente a Luke que, al ver aquello, también empezó a reírse. Yo aparté la mirada.

—Yo me voy ya —dije poniéndome en pie.

Me hubiese gustado haber podido animar a Poppy, pero ya había tenido suficientes risas a lo largo de aquel día. Después de aquello, ¿cómo iba a poder estar en la misma habitación que Luke? ¿Y lo de la postal? ¿Y todas las tonterías que había hecho y dicho sobre él? Poppy había perdido a Jez y, mientras, yo me estaba comportando como una idiota. Una idiota sin vacaciones, sin Luke... y sin nada.

La edad de la razón

Volví a casa y llamé a Sasha, pero luego me acordé de que, probablemente, habría quedado con Darren. Me senté en el descansillo e hice esfuerzos por no llorar, pero entonces llegó mi madre, una vez más, ahora pretendía pedir algo de comida a domicilio.

—No te preocupes, sea lo que sea —me dijo alegremente—. Siempre te tomas las cosas muy a pecho.

No respondí. Mi madre ni se inmutó. Entró en la cocina pero, por desgracia, su voz se seguía escuchando.

—Recuerdo lo triste que te pusiste cuando eras pequeña. Intentaste hacer un perfume con agua y pétalos de rosa con un tarro que había en el ropero. Al cabo de una semana le salió moho, por supuesto. Anda, apártate del teléfono y ponte las zapatillas. Jamie va a jugar la final del torneo de fútbol.

No me apetecía nada. Nada. Resoplé y busqué las zapatillas que mi madre había guardado en el fondo del armario del descansillo, deseando que me dejase quedarme sola en casa. Si fuese *Ratón,* no tendría de qué preocuparme.

Durante el trayecto en coche, cogí mi libreta. Al llegar, me senté, tiritando, en la banda del campo de fútbol, ignorando el bloque de nubes que nos acechaba, y escribí una lista:

Breve resumen de mi vida

1. *Luke sabe que soy idiota.*
2. *Dije «bonito culo» a la señorita Rustford durante mi examen oral de francés.*
3. *Jez ha abandonado a Poppy por Claudia.*
4. *He incumplido muchos de mis propósitos. Mi culo sigue igual de grande que en enero y Poppy y yo no hemos conseguido irnos de vacaciones sin padres.*

5. *Fui una niña estúpida que intentó hacer un perfume con pétalos de rosa.*
6. *Daría cualquier cosa por ser un ratón.*

Entonces, en un ataque de masoquismo, decidí actualizar mi diagrama de a-quién-le-gusta-quién.

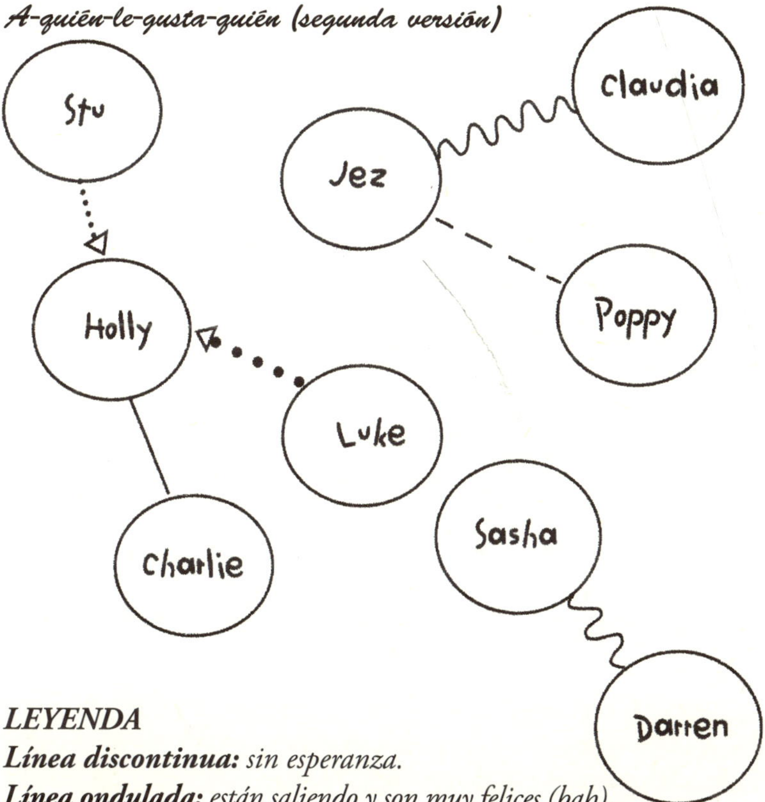

LEYENDA

Línea discontinua: *sin esperanza.*

Línea ondulada: *están saliendo y son muy felices (bah).*

Línea fina: *se besaron una vez y fue un desastre, así que no tiene mucho sentido.*

Línea fina de puntos, con flecha: *piensa que es ninfómana.*

Línea gorda de puntos, con flecha: *piensa que es idiota.*

De pronto empezó a llover. El gráfico que había hecho se difuminó con las gotas de lluvia. Justo cuando cerré la libreta, uno de los jugadores le dio un puntapié a la pelota con demasiada fuerza. El balonazo se estampó directamente en mi pecho.

—¡Lo siento! —dijo alguien.

—¿Estás bien, Holly? —gritó Jamie desde el campo.

¡Buf! ¡Aquello sí que dolió! Les hice un gesto como pude dejándoles claro que estaba bien y me acerqué a mi madre, rota de dolor.

—¿Estás bien? —me preguntó dejando caer su mano sobre mi hombro.

Noté, por el tono de su voz, la indirecta. Supe que lo que ella hubiese querido sería que su hija hubiese atrapado el balón al vuelo o, quizá, que hubiese sido de acero. Miré hacia otro lado e inmediatamente, empecé a llorar. No por el balonazo, sino por ella. Y por Poppy y Jez. Y por Luke. Me puse la libreta en la cabeza, para proteger mi pelo de la lluvia, y me quedé mirando tontamente el campo de fútbol.

* * *

El ambiente en el colegio estaba peligrosamente tenso. Poppy y Claudia seguían como congeladas en una escena de una peli muda. Todo era muy raro. Todas se enteraron de lo que había pasado, pero nadie quería sacar el tema. Aquello también significó tener que dejar de hablar con Jo. Simplemente, no sabía qué decirle, ya que era amiga de Claudia. No me veía capaz de mostrarme neutral ante la situación. Mientras tanto, iba a buscar a Poppy por las mañanas antes de lo normal, para evitar encontrarme con Luke en el autobús.

En un cruel recordatorio de cómo era la vida antes de haberse torcido todo, empezaron a darnos las notas de los exámenes. ¡Saqué un ocho con siete en lengua! Y una noche, mientras mi padre estaba viendo un concurso en la tele, contesté correctamente a una pregunta sobre el chocolate. Todo aquello provocó un ligero pero significativo cambio en mi visión del mundo exterior. Sabiendo ya que, en mi vida, la felicidad no la encontraría ni en el amor ni en las vacaciones, tomé una decisión: me convertiría, en cambio, en una diosa de los estudios, absorta en mi trabajo. Nada podría hacerme daño, ya que no sería como las personas normales.

Al día siguiente hice un par de lecturas de fondo para la clase de historia. Tendría una magnífica oportunidad para saber más sobre la revolución rusa. Probablemente obtendría antes de tiempo el título de secundaria, ya que iba a aprovechar como nunca mi tiempo de estudio, No les dedicaría ni un solo segundo a los chicos ni a mí físico. Incluso fui a la biblioteca y tomé prestado *Les liasons dangereuses*, en francés, para leerlo en el autobús.

Poppy se vino a mi casa aquella noche, porque no quería estar sola y sabía que yo no quería ver a Luke. El único sitio donde podíamos estar juntas era en mi habitación, con los libros de texto y mis lecturas de apoyo.

—¿Podemos ir a la habitación de Ivy? —preguntó Poppy.

—Mi madre no nos dejará.

—Deberíais cambiaros las habitaciones. Ella ya casi no está.

Suspiré, me levanté y comprobé que no había nadie escuchando tras la puerta.

—No le hace mucha gracia. Preferiría no hacerlo. De todas formas, ¿tú cómo estás?

—Fatal —dijo.

Jo. Siempre había deseado que en mi vida pasaran un montón de cosas fascinantes, como en las películas, pero lo que me había imaginado era tomar el sol en playas estupendas y montar en descapotables, no vivir momentos dramáticos en los que la gente saliese herida.

—¿Sabes lo que te digo? Nunca más volveremos a ir al centro juvenil —mascullό Poppy.

—Si te parece que es mejor así... —acepté. No me molestaba, ni lo más mínimo, terminar de una vez por todas con los choques de rodillas con Luke. Lo tenía bien claro. Más que claro: clarísimo.

—Bueno, al menos te besaste con Charlie —dijo Poppy.

—Bueno, tampoco fue para tanto.

—¿De verdad?

—Psé.

—Oye, Holly, ¿estás bien? Pareces cambiada.

Le conté a Poppy mi plan para convertirme en una diosa académica.

Pareció entender que estaba tirando la toalla con los chicos y que no era sino una excusa para mantener mi cabeza ocupada. Me dijo que eso era ridículo, si tenía en cuenta todo el rollo intelectual hacia el que estaba enfocada mi decisión.

—Los tíos no causan más que problemas —concluí. Nos quedamos en silencio—. Da igual. Pero dime, ¿llevas bien lo de Jez?

Jez me llamó mientras volvía a casa para preguntarme cómo estaba Poppy. Yo me mantuve todo lo fría que pude, a pesar de ser un día muy caluroso. (Claramente, yo había quedado como la neutral, pero aún no sabía muy bien cómo actuar: si decir que Poppy estaba bien o contarle a Jez que estaba tan deprimida que ni siquiera podía escuchar la radio, porque todas las canciones que ponían eran de amor). Le pasé el teléfono a Poppy, pero me dijo que no con la cabeza y articuló en silencio, abriendo mucho la boca: «Que le den». Así, sin querer, le saqué a Jez que él y Claudia se habían liado la noche que estuvimos en su casa, mientras esperaban al taxi. Todo empezó cuando Jez tuvo que consolar a Claudia porque estaba realmente preocupada de que el taxi no aparecía. Dios, los chicos no son más que torpes e ignorantes criaturas que avanzan lentamente a trompicones, mientras las chicas trajinan y confabulan a su alrededor. Pero, una vez más, estaba tan ocupada en madurar y en no odiar a Claudia, que a mí también se me escapó su ardid. Mientras hablábamos por teléfono, le conté finalmente lo del correo de Stu. Jez soltó una carcajada pero me dijo que aclararía el malentendido con él.

—Me siento tan estúpida —dijo con la boca llena de chocolate. Tragó e hizo un nuevo intento—. Aquel día en casa de Jez pensé que estaba pasando algo raro. Ya sabes, cuando Claudia se probó su camiseta del equipo de fútbol y eso, ¡pero imaginé que sólo sería una paranoia mía!

Qué astuta. Una verdadera treta. Típico de alguien que está continuamente mirándose en el reflejo de los escaparates.

—Nunca pensé... No creía que Claudia pudiera... ¡No pienso dirigirle la palabra nunca más! —exclamó Poppy llorando a lágrima viva.

—¿Has vuelto a hablar con ella desde entonces?

Poppy negó con la cabeza.

—No. Me está evitando, ¿no te has fijado? Cuando las cosas se complican, desaparece.

Media chocolatina más tarde, se nos ocurrió hacer una lista de las cosas que Poppy podría haberle dicho a Jez en el McDonald's pero que, tristemente, no se nos habían ocurrido hasta entonces.

—¿Y qué te parece algo como «Al infierno, los dos juntos, y ojalá os atragantéis con los McNuggets»?

—O ... «Ahora mismo os tiraría mi vaso de Fanta, si no fuera porque tengo sed y no valéis ni lo que me ha costado».

Poppy se rió y cambió de tema:

—¡Qué fuerte lo del correo que le mandaste a Stu!

Me sentí bien por saber que seguía siendo una fuente de diversión para ella.

—Podría haberse dado cuenta de que fue sólo un error al teclear —dije a mi pesar—. De todos modos, yo sé deletrear: es sólo que lo escribí muy deprisa, eso fue todo. Mucho *hecho.* ¡Yo escribí mucho *hecho!*

—Después de ese correo, llegué a pensar que dejarías a los chicos para siempre.

—Bueno, a decir verdad, ya lo he hecho. ¡Y por mi bien! Le dije claramente que no estaba buscando ningún tipo de relación. ¡Era obvio!

—Creo que Stu entendió que estabas buscando... aventuras sin compromiso —dijo Poppy entre risas. Entonces paró, me miró fijamente y me susurró «Yo también tengo mucho pecho», forzando el tono seductor, como si tuviese gracia el asunto.

—¡Qué horror! ¡Los tíos siempre están pensando en lo mismo! —salté malhumorada.

Poppy cortó una fila entera de la tableta de chocolate, puso las onzas unas encima de otras y se las metió en la boca, todas de golpe. Mientras masticaba, nos quedamos en silencio. Yo me metí una onza más entre los dientes y empecé a masticar a toda velocidad.

Todo era muy extraño. Supongo que Poppy estaba de nuevo conmigo, pero había algo dentro de mí que me impulsaba a hablar con ella sobre lo de haberse ido con Claudia a principios de año. Me explico: Claudia tenía escrito ya su destino, pero eso no arreglaba la traición de Poppy a nuestra amistad; no pretendía ponerme a bailar como un *munchkin* de *El Mago de Oz* tras dar por muerta a la bruja del Oeste. Vale que yo había pasado a un primer plano, pero ¿de verdad le importaba? ¿O fui sólo la última opción? No quiero que se me malinterprete, no necesitaba una declaración de amistad de por vida, ni ningún ritual de sangre ni nada por el estilo. Sólo quería estar tranquila; que si le confiaba un secreto no fuese luego utilizado en mi contra; que nuestra amistad no se rompiese cuando apareciese en escena alguien más popular. Terminé de comerme el chocolate y le di vueltas a todo esto en mi cabeza. Verbalizar estos pensamientos haría que dejasen de estar en el fondo de mi mente. ¿Pero qué importancia tenía sentirme segura si Poppy seguía fatal por lo de Jez? Sería como gritarle: «¡Te lo dije!». Estaba claro que no era el momento. Así que lo único que hice fue ofrecerle más chocolate.

Guerra y paz

Tenía que haber supuesto que, en algún momento, Poppy y Claudia tendrían su duelo final. Lo que nunca imaginé es que sería en clase de francés. En los últimos minutos de la clase del miércoles, la señorita Rustford nos cambió de sitio para el examen oral. ¡Qué nervios! Nos congregamos a regañadientes alrededor de una mesa, en un evidente silencio incómodo. Crucé la mirada con Sasha que, desde la otra punta de la clase, me deseó con gestos buena suerte.

Poppy hizo un ruido seco al sentarse en la silla, se aclaró la garganta y dejó caer el libro de texto sobre la mesa. Claudia se quedó de pie enrollándose en el dedo un negro mechón de pelo.

Las miré.

—Bueno... —dije con valentía—. Página treinta. Preposiciones. Poppy resopló y apartó el libro de la mesa.

—Hoy no es mi día —dijo sin desviar la vista del pupitre.

Claudia parecía un poco asustada; empezó a quitar y a poner nerviosamente el capuchón al bolígrafo.

—No quería que te enterases así —se aventuró a decir.

—¿Y cuándo pensabas decirme la verdad? —dijo Poppy claramente incapaz de reprimirse ni un segundo más.

—*Sur la table et sous la chaise* —respondió Claudia (no del todo bien), en cuanto vio pasar a la señorita Rustford por nuestra mesa, mientras hacía la ronda por toda la clase.

—*Au dessous de la fenêtre* —dije por si acaso.

—Simplemente... nos llevamos bien —dijo Claudia entre dientes, mientras la señorita Rustford seguía con su misión de conseguir que nos agobiásemos todavía más por nuestro pésimo acento francés—. Me dijo que no podía evitar sentirse atraído por mí.

Vaya. Usar el argumento «yo soy más atractiva que tú» no parecía el mejor plan para recuperar una amistad. Poppy dejó escapar un sonido nasal (una especie de «hmmph» que sonó bastante francés, aunque creo que lo hizo sin darse cuenta). Aunque no me gustase, me di cuenta de que Claudia y Jez hacían muy buena pareja. Él era rubio y muy británico; Claudia, morena y mediterránea (como polos opuestos). Es más, ambos eran conscientes de su imagen de guapos y ricos, y en eso se parecían bastante.

—Venga, anda —dijo Claudia con un tono de «venga-pongamos-las-cartas-sobre-la-mesa». No es como si hubieseis estado saliendo. Si ni siquiera os habéis besado.

Mal movimiento.

—¡Ah! —exclamó Poppy con su tono agudo—. Es curioso cómo algunas cosas, como los amigos, se interponen en nuestro camino.

—¡Poppy! —gritó la señorita Rustford al escuchar que, evidentemente, habíamos dejado de hablar en francés, por no hablar del uso de las preposiciones. Justo en este momento, sonó el timbre del descanso de la tarde. Todo el mundo se levantó y empezó a hablar. Poppy se sorbió la nariz nerviosamente y recogió sus cosas, apartando la mirada deliberadamente.

—Lo siento —dijo Claudia, intentando una nueva y extraña táctica.

—Vámonos, Poppy —dije con valentía, en mi nuevo papel de moderadora profesional de debates.

Y entonces todo se volvió en mi contra.

—Vamos, por favor —dijo bruscamente Claudia—. Por lo menos, los chicos que me gustan no piensan que soy una *freaky* que manda correos llenos de obscenidades.

Miré fijamente a los ojos a Claudia y salió a relucir toda la antipatía que nos teníamos y que siempre había estado ahí.

Simplemente, la habíamos enterrado. Intenté contenerme pero, en ese momento, hubo algo que me hizo mucho daño. Me sentí como si durante toda mi vida hubiese estado metida dentro de un caparazón, mientras que en mi interior crecía una bola de preguntas incómodas que nunca llegué a hacer y argumentos que jamás utilicé. «Holly, vente otra vez a ver el bádminton», «Holly, la habitación pequeña para ti». «Deja que te ignore unos meses, Holly; cuando haya terminado con lo mío, seguirás siendo mi amiga».

¿Por qué tenía que vivir con todo eso dentro? Ya había tenido suficiente, sobre todo con Claudia, que tenía un estuche de maquillaje en el lugar donde tendría que estar su corazón. Poppy abrió la boca, pero yo me adelanté.

—No me importa lo que digas sobre mí —le dije a Claudia.

Claudia soltó una sonrisita y quiso contestarme, pero aún no había terminado. De pronto sentí escalofríos por la subida de adrenalina.

—Pero a mí sí que me importa que salgas con Jez, porque él estaba por Poppy. Sé que le gustaba. ¡Y tú te metiste en medio!

Hubo una corta pero satisfactoria pausa. Claudia parecía estar fuera de sí. Por un momento, Poppy se quedó también desconcertada, pero enseguida añadió:

—Exactamente. Y a Luke nunca le gustaste. Lo sabes, ¿no? Mejor quédate calladita.

Poppy le lanzó una mirada de odio. Cogió nuestros libros de francés y se alejó. Yo la seguí.

—¡Has estado genial! —me dijo, como si me mereciese una recompensa por «mi primera pelea».

—Ya no podía más —dije—. Con Claudia. Y con todo, en general. Lo que quise decir fue «con que te fueras con Claudia a principios de año». Y no hacía falta ser muy lumbreras para entenderlo, ya que Poppy miró hacia el suelo y dijo por fin:

—No estuvo bien, ¿no?

En otra situación le hubiese dicho: «Oh, no, no te preocupes», y habría cambiado de tema. Pero la discusión con Claudia, de alguna forma, me había insuflado valor. Qué bien sentaba decir, por fin, las cosas que pensaba. Lo cierto es que, evitando decirlas, me había ahorrado problemas y asegurado a mis amigas, pero al final, ¡yo era la única que salía perdiendo! Y quizá, si nunca hubiese dicho lo que pensaba, seguiría rodeada de amigas pero me sentiría muy sola.

Así que miré a los ojos a Poppy y solté:

—Me sentí traicionada cuando empezaste a salir con Claudia. Fue algo horrible.

Poppy me miró conmocionada. No se alteró, ni me recriminó la crítica, ni dijo que nuestra amistad se había terminado.

Continué:

—No quiero que te sientas mal, pero ya que has preguntado...

—Me porté un poco mal —me interrumpió—. Y no tenía por qué. Pero es como si, por unos días, me hubiese quedado atrapada en su mundo. ¿Sabes a lo que me refiero?

Asentí. Después de todo, sabía de lo que estaba hablando.

—Y después, con lo de que hiciese de Celestina —prosiguió—, lo que pretendía era que me ayudase. Ella impone mucho a los chicos. —Se rió, a su pesar—. Les impone *mucho.*

—Me gustaba más cómo era todo antes —dije—. Ya sabes, cuando planeábamos cosas juntas y todo eso. Pero entonces tuve la sensación de que en cualquier momento te irías y me dejarías sola. Y luego lo de Luke, al empezar el año... Fue horrible. Pasaste de mí y dejaste que Claudia ligase con Luke en mis narices. Sabías que me dolía un montón y tú seguiste en tus trece.

Poppy parecía realmente triste.

—Lo siento. Es sólo que me molestó el mensaje que le mandaste a Sasha. Y Claudia se hizo mi amiga y me sentí tan... libre y todo eso. No debí haber usado lo de Luke. Sé que estuvo mal.

Poppy tenía lágrimas en los ojos. Yo no quería que se sintiese peor.

Sentí como si la antigua Holly, la que no discutía, hubiese aparecido volando sobre mi cabeza ondeando una gran bandera en la que se leía: «¡Arréglalo! ¡No discutas!».

—Mira —dije haciendo un esfuerzo—. Ya no importa. Al fin y al cabo no va a pasar nada con Luke.

—¡No! —exclamó—. Sí que importa. A Claudia le gustaba Luke. Pero esto es sobre nosotras. No pretendía que todo esto hiciese que te... Pues eso, que te sintieses mal. Pasó y punto —nos quedamos un rato en silencio—. Quiero decir que tú y yo nos conocemos desde hace años. ¡Contigo puedo hablar de cualquier cosa! Y ahora me siento bastante estúpida.

—¿Por qué?

—Es obvio, ¿no? Claudia sólo quería ser mi amiga por Luke. En cuanto él no mostró el más mínimo interés, ella desapareció como por arte de magia —añadió amargamente—. Hasta que se fijó en Jez. Eso es. Entonces volvió.

Lo de Luke tenía sentido. ¿Pero con Jez también? Era muy raro, teniendo en cuenta que Claudia podía estar con el chico que le diese la gana. ¿Qué era ella entonces? ¿Una especie de bruja que arruinaba la vida de sus amigas?

—Estaba segura de que tendríais un final feliz, Jez y tú —dije finalmente—. Ya sabes, como en las películas y...

—Como en ese libro...

—... *Ana de las tejas verdes.* Siento que no fuese así.

Poppy me dio un abrazo.

— Está bien así.

* * *

Nos fuimos a casa de Poppy después de clase. Nos sentamos en su jardín, ya que Luke seguía fuera. Yo cogí mis libros para poder ser una diosa académica y hablar como tal. Nos recostamos sobre unas tumbonas. Poppy, con el teléfono en la mano, por si llamaba Jez para pedirle perdón.

—¡Hace muchísimo calor! —se quejó Poppy. Todavía llevábamos el uniforme puesto—. Me voy a cambiar.

Volvió con unos *shorts* y una camiseta de manga corta. Traía en la mano la camiseta que le había regalado Claudia.

—Toma, póntela. De hecho, quédatela.

—¿Lo dices en serio?

—Seguro que te sienta muy bien. Quiero que te la quedes.

Entré en la casa y me probé la camiseta. Me miré en el espejo de Poppy. Era muy bonita. Volví a salir al jardín y me recosté en una tumbona. Le dije a Poppy que Claudia era lo peor, que esperaba que suspendiese todos los exámenes y que el Arsenal nunca volviese a ganar un partido. Pero creo que no fue de mucha ayuda.

Después de unos minutos de paz, mi madre me llamó al móvil.

—¿Dónde estás?

—Estoy haciendo los deberes en casa de Poppy.

Se produjo un silencio, lo que significaba que ella tenía otros planes para mí.

—Holly, será mejor que te vengas ya a casa. Vamos a ir a jugar al bádminton.

Me la imaginé de pie en la entrada, vestida con un chándal en tonos pastel, preparada para obligarme a pasar otra tarde deportiva con ellos.

—¿Y no me puedo quedar aquí?

—No, porque llegarías a casa antes que nosotros —repuso con suavidad.

—¿Y eso supone mucho problema?

—¡Holly! Sabes que no eres lo suficientemente mayor para quedarte sola en casa.

Respiré hondo.

—¿Y si os espero aquí hasta que volváis?

—Holly, te vienes con nosotros. Será divertido. Ven a casa y ponte las zapatillas de deporte. Hace un día precioso.

Miré a Poppy, que estaba tumbada con los ojos cerrados. Volví a respirar hondo antes de hablar.

—Mamá, ya sé que a ti el bádminton te parece muy divertido, pero a mí no.

Por un momento pensé que a mi madre le fallaba el oído, porque tras un largo silencio dijo:

—¿Cómo?

—Esta vez no voy a ir —dije—. Tienes razón, hace un día precioso. Por eso quiero quedarme aquí y pasar la tarde con Poppy en el jardín. Luego hablamos.

Acto seguido colgué el teléfono y me quedé mirándolo fijamente.

Cuando hablásemos, le explicaría que no pretendía enfadarla, sino hacerle entender que yo no era como ellos. Y tendría que aceptarlo. A lo mejor, incluso le pedía que si podía cambiarme a la habitación de Ivy. Me quedé allí sentada pensando en que había sido un día de locos. Poppy abrió un ojo y me miró.

—¿Estás bien?

—Sí —contesté.

—Mi madre ha comprado polos. ¿Quieres uno?

—Mmm, sí.

Cerré los ojos. Oí el crujido de la tumbona mientras Poppy se levantaba y luego tan sólo silencio, sin contar el ruido lejano de *Ratón* al girar en la rueda dentro de su jaula. Era estupendo sentir el sol en la cara. Me sentía mucho mejor ahora que había arreglado las cosas con Poppy y me había librado del bádminton. No obstante, odiaba que Poppy estuviese tan triste por lo de Jez. Lo único que podría animarla sería que nos fuésemos de vacaciones, pero era casi imposible que mi madre accediese. De hecho, mis posibilidades eran aún más limitadas ahora que había actuado como una mala hija.

—Yo también he hecho eso —dijo la voz de Luke.

Me incorporé de golpe e intenté recomponerme de semejante susto. Resultaba un poco difícil, porque llevaba ya un rato con los ojos cerrados y se me nublaba la vista.

—¿El qué, decirle a Poppy que querías un polo? —pregunté confundida.

—No, ser víctima del corrector ortográfico. Como tú con tu correo. Sólo que con mensajes de móvil.

Luke (aún borroso pero increíblemente guapo) caminó hacia mí y se sentó en la tumbona de Poppy.

A principios de año me habría quedado callada hasta que hubiese vuelto Poppy. Pero eso era cuando creía que podía estar con Luke algún día. Ahora sabía que la vida no se reducía a eso y, de hecho, ya no me interesaban los chicos. Así que me dije: «Holly, hay cosas más importantes en la vida que pensar si dices lo correcto cuando hablas con Luke. Di lo que se te venga a la cabeza y se acabó. Imagina que es cualquier persona».

Luke bebió de un cartón de zumo que tenía en una mano y con la otra sacó el móvil. Era uno de ésos plateados y diminutos, con cámara.

—Con el móvil el problema es el texto predictivo. Imagínate que quieres quedar con alguien en una discoteca —abrió el teléfono y escribió «discoteca» en la pantalla pero lo que salió fue «biblioteca».

—O sea, ¿que la gente se cree que ha quedado en la biblioteca, cuando en realidad habéis quedado en una discoteca?

Estaba sorprendida de que a Luke también le pasaran estas cosas.

Bueno, en realidad él era también como cualquier persona.

—Bueno, en teoría. En realidad, no tengo edad para entrar en discotecas.

—¿Y pasa con más palabras?

—No sé —dijo Luke. Escribió «Holly». Lo que salió fue «boli» y nos empezamos a reír.

—Mi móvil no tiene diccionario ni texto predictivo. Pero a veces hago juegos de palabras con los nombres —dije—. Poppy es Pared Oblicua Para Poner Yeso.

—Ja, ja, ja. Y el mío, ¿cómo sería?

—Mmm... ¿Luna de Un Kilo Extra?

Se quedó concentrado analizando mi respuesta.

—¡Impresionante! Eres bastante inteligente, ¿eh?

Aquello era muy gratificante... No mencioné que el suyo era el primero que había hecho, hacía ya años.

Luke se rió.

—¿Y cómo es el tuyo?

—Bueno, es algo malo... Huesos Óseos Lavados en Litros de Yogur.

—Suena bien, parece un poema.

—¿Tú crees?

—Sí. Hace poco vimos *El club de los poetas muertos* en mi asignatura optativa de cine.

—¿La de Robin Williams? La he visto.

Se produjo un silencio, esta vez sorprendentemente cómodo.

—¿Así que tu móvil no tiene texto predictivo?

—No.

—Enséñamelo —dijo curioso.

Buf. Meses antes habría corrido una maratón antes que enseñarle a Luke mi viejo y cascado móvil (en el «Qué prefieres», se entiende, no en la vida real).

Se lo enseñé. Él hizo esfuerzos por no reírse.

—¡Es viejísimo!

—Lo sé.

—Pero seguro que los hay peores. Los de las pelis de los ochenta, ¿los has visto? Son auténticos ladrillos.

—Ay, sí, ya sé cuáles dices. Creo que sale uno en *Cocktail,* pero no estoy segura. En alguna de Tom Cruise, eso seguro.

—¡Eh, la he visto! —dijo Luke—. Y después, estuve un mes queriendo fugarme a Jamaica para trabajar en un bar.

—Y yo quería ser la joven y bella artista que no tiene un duro pero que luego resulta ser rica.

Ambos levantamos la vista cuando Poppy salió al jardín con una selección de helados.

—Holly, también había helados de chocolate. ¿Cuál pre...
—Fue muy divertido. Poppy se paró en seco cuando me vio hablando con Luke y enseguida siguió hablando—. ¡Avestruz! ¡Fuera de ahí, ése es mi sitio!

Luke se levantó, cogió un polo y dijo:

—Señoritas, un servidor se retira —hizo una especie de reverencia y entró en casa.

Poppy le miró y luego me miró a mí.

—Eh... ¿Qué ha pasado?

—Nada.

Se sentó y volvió a mirarme.

—¿Por qué estás agarrándote tan fuerte a la tumbona?

—Por nada. —Miré hacia la casa de Poppy, en un acto reflejo, por si mi madre estaba espiándonos (cosa bastante improbable)—. Pero es raro. Me ha hablado y todo ha sido normal. Hemos estado muy a gusto.

—¿Tú estabas normal con él? —preguntó con tono incrédulo.

—Sí, pero es porque ahora paso de los chicos. ¿Para qué voy a hacer esfuerzos si siempre quedo como una imbécil? —dije. Ella suspiró y yo proseguí—. ¡Mira, lo del correo! Luke lo oyó. Qué vergüenza.

—Holly, pero es que a Luke la historia del correo le pareció muy graciosa.

—Claro, se estaba riendo de mí. Igual que tú.

— Ya, pero es que la historia es graciosa —repuso—. Además, no se estaba riendo de ti, ni cree que seas imbécil. Estuvo riéndose durante horas después de que te fueras.

—Pero yo no quiero que piense que soy graciosa, yo quiero gustarle.

—¿Y tú cómo crees que se consigue eso? Tienes que hablar con él con normalidad, ya sabes, establecer una relación. Creo que nunca te había oído decir una palabra delante de él, antes de esta historia.

Miré mi helado que se estaba derritiendo por la parte de abajo.

—Es muy difícil hablar con chicos.

—No son de otra especie, Holly.

—Para ti es fácil. No sé cómo lo haces—lamí la base del helado.

—¡Tú acabas de hacerlo! No existe ninguna fórmula mágica. Ríete y charla, y el chico te hablará también. Simplemente hay que tratarlos como a seres humanos —mordí un gran trozo de helado, que me dio muchísimo frío en los dientes. Poppy suspiró una vez más—. Holly, no te lo tomes a mal, pero tu problema es que haces un mundo de todo y te preocupas demasiado sobre si le va a gustar al chico lo que digas. Mira, con Jez estás bien, ¿verdad? ¿Y sabes por qué? Pues sencillamente porque no te gusta, así que puedes verlo como lo que es: una persona normal. No tienes que escribir nada, ni preparar de antemano cómo vas a comportarte. Y no pasa nada por contar cosas graciosas. El chico que te gusta no tiene por qué pensar que eres perfecta.

Mmm. Me recosté y reproduje los últimos diez minutos en mi cabeza. Luke se había sentado a mi lado y había hablado conmigo. Hablado. ¡Conmigo! Habíamos tenido una conversación normal y corriente. Me había enseñado su teléfono y habíamos hecho bromas. ¡Si hasta me había dicho que era bastante inteligente!

Repentinamente encantada conmigo misma, mordí otro gran trozo de helado, esta vez demasiado grande, ya que provocó que el resto que quedaba sobre el palo se balanceara y cayese dentro de la mochila abierta, donde se empezó a derretir sobre mi gorro de baño. Quizá, ya iba siendo hora de tirar aquel gorro de baño a la basura.

El paraíso recobrado

El martes siguiente me dirigía al quiosco cuando Jez me llamó al móvil. Me preguntó, como quien no quiere la cosa, cómo estaba Poppy. Juraría que noté en su voz una pizca de nostalgia.

—Ah, pues está bien. Muy bien —mentí airadamente. Doblé la esquina y casi me choco con Luke al sortear el revistero. Él levantó la vista y sonrió—. Tengo que dejarte —le dije a Jez. Miré a Luke y le devolví la sonrisa. Tengo la teoría de que es bueno para la gente estudiosa fijarse en personas excepcionalmente guapas. Es un estímulo para el cerebro y resulta beneficioso para hacer los deberes con mayor eficacia. Luke cogió una revista de móviles y la agitó delante de mí.

—¿Seguro que no necesitas esto?

—No, gracias, me gusta mi viejo y horroroso móvil —dije con firmeza.

—Por cierto, bonita camiseta.

Ay, madre mía.

—¡Gracias!—conseguí articular. Había estado llevando la camiseta blanca de Claudia con más regularidad de lo habitual, como se suele hacer con la ropa nueva. Por supuesto, no mencioné que antes había pertenecido a Claudia.

Luke cambió de tema.

—Espero no haberte interrumpido, estabas hablando por teléfono.

—No, sólo era Jez.

Luke levantó una ceja.

—¿Ha conseguido escapar de las garras de Claudia el tiempo suficiente como para llamar pidiendo ayuda?

Eliminé con madurez el sentimiento de euforia que me embargó ante aquella maligna alusión a Claudia.

—¡Pero si yo creía que te gustaba! —dije con toda la ligereza que pude. En realidad, me había dado cuenta de sobra de que no le gustaba, pero no sabía muy bien por qué. Cogí una revista al azar para disimular, pero resultó ser una de ésas repletas de chicas ligeras de ropa, así que volví a dejarla rápidamente donde estaba.

—¿Y por qué creías eso? —me preguntó.

—Un día os vi andando por la calle y parecíais... Bueno, ya sabes. Una pareja.

—¿Por la calle? ¿Juntos?

—Eh... Sí. Estabais hablando —solté mientras cogía otra revista y miraba la portada.

—Ah, ya me acuerdo. Con Poppy. No te vi —dijo disponiéndose a pagar.

—Bueno... —estaba escondida detrás de un Nissan rojo, pensé—, pasaba por allí. De hecho, creo que os parasteis aquí fuera —(¿Creo? Lo tengo grabado a fuego en la memoria).

Luke se estremeció.

—Sí, me acuerdo.

Intenté componer una expresión de «no necesito oír nada más», pero creo que no funcionó porque Luke me miró, me sonrió y continuó hablando:

— Poppy y ella habían ocupado todo el salón con sus cosas y estaban usando unas placas para el pelo...

—Unas planchas —corregí.

—Eso, unas planchas. Claudia le había alisado el pelo a Poppy con las planchas esas. Total, que yo me iba a ir a casa de Craig para escapar de todo aquel jaleo, y cuando me estaba yendo, Claudia dijo que venía conmigo porque necesitaba comprar no sé qué. Así que se vinieron, ella y Poppy, y en un momento dado, Claudia dejó a Poppy atrás y se puso a mi lado. Me pareció bastante maleducado por su parte, porque

Poppy la había invitado a dormir. Cuando llegamos, Poppy entró en la tienda y Claudia dijo que prefería esperarla fuera. Qué infantil. Yo iba a irme cuando Claudia empezó a decir que le daba miedo quedarse sola, como si estuviera en una zona chunga sólo por haber salido de su barrio pijo. Así que ahí me quedé, acompañándola como un tonto. Le pregunté por qué no entraba en la tienda con Poppy y me dijo que sólo fingía ser amiga de mi hermana para acercarse a mí. ¡Creo que esperaba que me sintiese halagado! No le dije nada a Poppy, claro. Estaba encantada con Claudia y se lo pasaba en grande con ella, así que no quise hacerle daño. Pero me pareció fatal —sentenció Luke. Tomó aire y me di cuenta de que yo también estaba aguantando la respiración—. Además, Claudia no es mi tipo —añadió. Conseguí moverme para no parecer un pasmarote allí plantada y le di el dinero al quiosquero—. Es un poco... No sé... Parece de plástico.

«¡Como un vaso de plástico!», pensé.

—¿Una bolsa de plástico? —dijo el quiosquero.

—¿Perdón? —exclamé.

—Que si quieres una bolsa de plástico.

—Ah... Sí, muchas gracias.

El quiosquero me dio una pequeña bolsa de plástico azul. Miró a Luke, luego me miró a mí y me dedicó una gran sonrisa.

* * *

¿Cómo narices ocurrió? ¡Un buen día, nuestros padres nos dieron la noticia de que Poppy y yo podíamos irnos de campamento! Mi madre me lo dijo después de cenar, e hizo hincapié en que mi padre y ella habían accedido a dejarme ir como recompensa por mis buenas notas. ¿Desde cuándo les interesaban mis notas? Sabia que algo raro pasaba, porque cuando volví del quiosco mi madre estaba hablando por teléfono con la madre de Poppy. Nunca antes habían hablado por teléfono. Definitivamente, algo raro pasaba.

Yo había subido las escaleras con mucho sigilo por si escuchaba algo que me diese alguna pista, pero mi madre sólo repetía «ajá; ajá» todo el rato. ¿Cómo podían hablar por teléfono y no decirse nada de provecho? ¡Si vivían en la misma calle!

Cuando me dieron la noticia, me quedé mirando a mis padres sin saber qué decir.

—¿Cómo es que habéis cambiado de opinión?

—Así te dará un poco el aire —fue la respuesta sucinta de mi padre. Luego rompió el encantamiento que les hacía parecer padres normales—. Además, este campamento vale la mitad que el otro al que queríais ir.

¡Qué emoción! Íbamos con otra empresa, pero básicamente era el mismo tipo de vacaciones de Claudia y Jo. Salí corriendo a casa de Poppy, sólo para encontrármela a mitad de camino, corriendo hacia la mía. Cuando me vio, se arrancó con un baile improvisado; más bien parecía que se moría de ganas de ir al baño.

—¡Vacaciones! —chilló, dejándome casi sorda. Me abrazó emocionada.

Como sospechaba, la noticia le había hecho olvidarse por completo de Jez.

—¡Qué guay! —exclamé—. ¡Nuestras primeras vacaciones sin padres ni profesores!

—Seguro que el último día hay discoteca —dijo con deleite.

—¡Y conoceremos a miles de chicos!

—¡Y jugaremos a la botella!

—En el folleto dice que se nos dividirá por grupos según las edades —dije—. «Creamos amistades para toda la vida».

—¡El de Claudia era de catorce a dieciocho! ¿Sabes lo que eso significa? ¡Montones de chicos guapísimos de dieciocho años!

—Pero —la interrumpí, poniéndome seria— el otro día dijiste que tenías jaqueca. Puede ser grave, creo que deberías quedarte en casa.

Poppy se paró en seco y luego volvió a explotar.

—¡Chicos! ¡Playa! ¡Por nada del mundo me quedo en casa!

* * *

Estábamos en la última semana del curso, y decidí que era hora de hablar con Jo, ya que llevaba siglos evitándola.

—Hola —le dije el miércoles en francés, mientras ocupaba el asiento libre junto a ella—. ¿Todavía no ha llegado la señorita Rustford?

—No, parece que llega tarde.

Dejé mi mochila sobre el pupitre y al ver la inscripción «C y J» con boli en la mesa, no pude evitar dejar escapar un sonido de disgusto. Jo me escuchó.

—¿Cómo está Poppy? —preguntó con su candidez habitual.

—Un poco mejor, desde que...

—¿Desde que se peleó con Claudia?

—Eh... Sí. —(Bueno, y desde que nos habíamos enterado de lo del campamento. Poppy se había animado bastante planeándolo todo).

—¿Y desde que tú te metiste en medio de la discusión?

—Eh... Sí. Exacto.

—La verdad, creo que lo que hizo Claudia estuvo totalmente fuera de lugar.

No sabía qué contestar a aquello, después de llevar todo el año intentando ser diplomática con Jo. Era la primera vez que la oía decir algo malo de Claudia. Pero tenía mucha curiosidad.

—Pero yo creía que os llevabais bien —dije. Debería de haber parado ahí, pero me sentía valiente por una vez en la vida—. Aunque nunca he entendido muy bien por qué.

Jo se echó a reír.

—Claro que nos llevamos bien. A mí Claudia me cae bien. No es perfecta, pero tampoco es tan mala.

—Bueno, yo también pensaba eso antes, pero...

—La mitad de las veces sólo está intentando demostrarse a sí misma que puede conseguir gustarle a cualquiera —aseguró Jo—. Pero no lo hace con mala idea, lo que pasa es que necesita asegurarse de que es más atractiva que el resto de las chicas.

—¡Pero es que lo es! —exclamé—. No creo que necesite pruebas de ello.

—Ya, pero a ti no te gustaría ser Claudia, ¿a que no? —me preguntó Jo.

Yo me quedé pensativa. Era una pregunta muy rara. Nunca había pensado en ello antes.

—Bueno, siempre hace todo lo que quiere.

—Sí, pero porque sus padres no están juntos—repuso—. No se preocupan por ella de verdad, tan sólo compiten a ver quién de los dos le compra más cosas. No creo que Claudia sea tan segura como parece.

—¿Y por eso se pone a robarles los novios a las demás?

—Bueno, Jez y Poppy no estaban juntos. Y no siempre hace las cosas de forma deliberada.

—Sí, claro, lo hace sin querer —dije con un matiz irremediablemente mordaz en mi tono de voz, cuando recordé a Poppy llorando en su habitación—. Jez ni siquiera es el primero. También está el tal Greg, que dejó a su novia por ella, ¿no?

Jo me miró con extrañeza.

—Ah, Greg, esto...

—¿Cómo que «Greg, esto....»?

Jo miró a su alrededor para cerciorarse de que Bethan no estaba por allí. La señorita Rustford todavía no había llegado. Afortunadamente, Susanna Forbes no había venido aquel día, así que nadie había ido a la sala de profesores a decir nada.

—A ver, no se lo digas a nadie, pero lo de Greg no fue exactamente como Claudia lo contó. A ella le gustaba mucho. Parece ser que estuvieron tonteando y un día incluso llegaron a quedar. Pero él no se presentó.

—¡No!

—Decidió quedarse con su novia.

—¿Y por qué Claudia no nos dijo nada?

—Estaba avergonzada, y herida, además —contestó. Yo estaba impresionada—. Como cuando Luke no cayó rendido a sus pies. Se sintió completamente humillada. ¿Te acuerdas? Simplemente decidió ignorar a todo el que tuviese algo que ver con aquella historia, en lugar de enfrentarse a ello. Lo mismo le ocurrió con Greg. Hizo como que no había ocurrido, y se acabó. Claudia es especialista en chicos; no le gusta que le salgan mal las cosas.

Me puse a hacer memoria.

—Claudia nos dijo que había dejado a Greg, pero fue antes de que fuésemos a casa de Jez.

—Creo que sí —asintió jo.

—O sea, que todo lo de Jez era para probar que seguía siendo guapa y atractiva, y que podía conseguir a quien se propusiera.

—Sí, tiene sentido. No creo que lo planeara todo desde el principio.

Supongo que más bien se le fue ocurriendo sobre la marcha.

Así que no lo tenía todo calculado. Todo aquello tenía su lógica. Además, ¿quién puede ser tan mezquino como para hacerse amigo de alguien y luego robarle al chico que le gusta? Claudia se llevaba realmente bien con Poppy, al menos la segunda vez, y no había planeado conseguir a Jez en particular... Simplemente, él estaba allí.

Aún me encontraba abriendo y cerrando la boca de la sorpresa, cuando la señorita Rustford entró en la clase.

—Siento el retraso, chicas —dijo. Parecía radiante—. Estaba hablando con la directora... —continuó—. Bueno, tengo una noticia que daros.

Pensé que a lo mejor habían suspendido las clases por la buena nueva de que Claudia en el fondo tenía algo de humanidad, pero la señorita Rustford tenía otras cosas en mente.

—Me marcho del colegio. Voy a mudarme a Birmingham.

—Señorita, ¿no era de Birmingham Peter, el conductor del autobús? —saltó Bethan.

La señorita Rustford se sonrojó.

—¡Bethan, eso no es de tu incumbencia!

Bethan se arrellanó en su asiento, encantada de haber mostrado sus habilidades deductivas.

—¡La señorita Rustford está sin aliento! —musitó Charlotte.

—¡Será de tanto besarse con Peter! —dijo Sasha.

Todas estallamos en risas atragantadas.

Pero lo más alucinante aparte de que la señorita Rustford tuviera vida amorosa fue que nos dio las notas de francés y nos puso un sobresaliente a la mitad de la clase, ¡yo incluida!

Una habitación con vistas

El último día antes de las vacaciones de verano descubrí algo muy interesante. Tenía la ventana de mi habitación abierta, porque hacía mucho calor, y pude oír a mi madre charlando con la señora Heathfield en el jardín. Estaban podando el seto y yo no estaba haciendo mucho caso a lo que decían, ¡hasta que oí mi nombre!

—... las vacaciones de Holly —fue todo lo que alcancé a oír que decía la señora Heathfield.

—Sí, al final hemos decidido dejarla ir a un campamento —repuso mi madre. De vez en cuando, se oían los chasquidos de las tijeras de podar.

—Creía que George había dicho que era demasiado caro.

—Bueno, el que nos enseñó en Grecia costaba una fortuna, qué barbaridad. Pero Elaine Taylor encontró uno a un precio mucho más razonable en Cornwall y estuvimos comentándolo. Tenía mucho interés en que Poppy tuviese unas buenas vacaciones este año.

No conseguí descifrar la respuesta de la señora Heathfield por culpa de una gran rama de seto que cayó al suelo a sus pies.

Mi madre continuó:

—No lo miró en serio hasta que las niñas terminaron los exámenes.

Esas profesoras las someten a muchísima presión, es muy buen colegio —dijo poniendo gran énfasis en esas dos palabras—. El caso es que después de los exámenes, Holly siguió apareciendo por su casa con cara de preocupación, y parece ser que Poppy se pasó varios días con los ojos enrojecidos, y luego se puso muy pálida. Por lo visto es bastante hipocondríaca y siempre se queja por todo. Pues no se quejó a su madre del estrés, y Elaine se preocupó por si era algo grave.

Me tapé la boca para ahogar un bufido. ¡Ja! Las lágrimas sólo habían sido por lo de Jez, y la palidez era gracias a la muestra de antiojeras que venía en la revista que le regalé.

—Bueno, y Holly está siempre encerrada en su habitación, ya sabes. George y yo intentamos que salga y haga algo de deporte, no sé, bici, baloncesto... Algo. Estoy segura de que si probase, le encantaría. Así que a ver si unas vacaciones al aire libre hacen que se aficione a hacer ejercicio.

¡Aaahhh! ¡Lo sabía! Aun así, me sentía bastante optimista.

—¿Así que estás de acuerdo en que las chicas se tomen un descanso?

—¿Me pasas las tijeras un momento? Gracias. Sí, bueno, ya sé que voy a parecer un poco chapada a la antigua, pero... —bajó la voz—, pero no estaba segura de que fuese lo suficientemente mayor. No sé, está creciendo tan deprisa... Pero luego es tan niña para otras cosas...

Grrr...

—Y luego, bueno, normalmente nunca escucharía una conversación ajena, y menos de mi hija...

¡Ja!

—Pero el otro día la oí sin querer mientras hablaba con Poppy por teléfono.

Me erguí en mi sitio sobre la cama. Oh, Dios mío. ¿Qué? Me desplacé sigilosamente hasta el suelo y me senté junto a la ventana para oír mejor.

—Pues la verdad es que me hizo cambiar de opinión. Según lo que pude oír, una chica de su clase había estado presumiendo de que un día se había saltado las clases con un chico.

Grité sin emitir sonido alguno. Cada vez caían más ramas del seto y sólo alcanzaba a oír algunas frases.

—Sí, bueno, no te imaginas qué preocupadas. ¡Sabían que aquello no estaba bien! Parecía que lo desaprobaban totalmente, decían que les parecía fatal. Me demostró ser más madura de lo que yo habría pensado. ¡Mucho más que Ivy a sus dieciocho!

Me puse en cuclillas, sin dar crédito a mis oídos. Mi madre pensaba (aunque se alejase un poco de la realidad) que yo era mejor que Ivy en algo. ¡Sí! Hice un baile improvisado sin levantarme del suelo para celebrarlo. Parecía que las tornas por fin habían cambiado. ¡Lo había oído de viva voz de mi propia madre! Es más, gracias a que Claudia se hubiese saltado las clases con Jez y a que mi madre me espiase cuando hablaba por teléfono, ¡nos íbamos de campamento!

* * *

El primer día de vacaciones lucía un sol espléndido. Tenía la ventana abierta de par en par dejando ver el cielo azul surcado por las estelas de los aviones que salían del aeropuerto de Gatwick hacia el sur de Francia o, por qué no, hacia el paradisíaco Caribe. Se oía el trinar de los pájaros. Mi madre había ido a jugar al bádminton, y cuando le dije que no iba a ir a verla, me había dicho que podía quedarme en casa. Qué estupendo era ser libre. Podía haber llamado a Australia desde el fijo, si conociese a alguien de allí.

Casi lo olvido. El día anterior, en clase, Claudia nos miró muy airada cuando Poppy le dijo a Bethan que nos íbamos de campamento. Luego, Jo me pasó una notita en la que ponía que Claudia y Jez no se hablaban. Al parecer, Jez había ido a casa de Claudia y había visto el folleto de sus vacaciones, en el que ella había rodeado con un rotulador rojo la proporción de 70% de chicos y 30% de chicas en su campamento. Y no tuvimos que hacer ni un solo ejercicio en clase de francés porque era el último día de la señorita Rustford. Poppy estuvo toda la mañana escribiéndome notas diciendo que teníamos que ver películas sobre romances de verano para estar preparadas para hacer barbacoas en la playa, nadar entre cataratas, etcétera. Tuve que recordarle que íbamos de campamento y que oficialmente no había que nadar por ningún sitio, pero a ella no pareció importarle lo más mínimo. Cuando sonó el timbre, le dimos a la señorita Rustford una tarjeta que había dibujado Charlotte en la que se veía a nuestra profesora y a Peter en un autobús con una puesta de sol al fondo. Ella nos dijo que nos echaría mucho de menos. ¡A nosotras! Por un momento, pareció que iba a llorar, pero enseguida dijo que se le había metido tiza en el ojo.

Así que allí estaba, en mi habitación, sintiéndome libre y veraniega, cuando escuché un silbido proveniente de la calle. Pensé que sería Jamie y me asomé a la ventana con un insulto en la punta de la lengua. Pero era Luke.

Llevaba unos vaqueros y una camiseta blanca, y estaba bronceado y guapísimo. Sujetaba una caja en la mano.

—Poppy no está aquí —dije con pena.

—Lo sé —dijo estirando el cuello para mirarme—. Está en casa hablando con Jez por teléfono. Venía a verte a ti.

«¿Con Jez? —pensé—. ¿A mí?», pensé inmediatamente después.

—Sí... La acaba de llamar. Ya se hablan otra vez. Parece ser que a él le ha fastidiado bastante que os vayáis de vacaciones. Pero bueno, no he venido por eso. Es que me han regalado un móvil nuevo y venía a ver si quieres quedarte con el mío. Es un poco más nuevo que el tuyo. ¿Lo quieres?

¿Que si quería un móvil? ¿El móvil de Luke?

—No me acuerdo de cómo es —dije. Todavía no me podía creer que Luke estuviera de pie en mi jardín, con un montón de ramas del seto en el suelo a su alrededor.

—Espera, que te lo enseño.

Antes de que me diese cuenta de lo que estaba sucediendo, Luke agarró la viga del porche con la mano libre, apoyó un pie y se aupó sin esfuerzo hasta quedar de pie sobre el porche, a la altura de mi ventana. Aquello era increíble. Nuestros rostros quedaban en paralelo, y desde donde estaba podía oler su *aftershave,* sólo que esta vez no era su bufanda, sino él mismo.

Luke miró la cama nido detrás de mí.

—¿Cómo es que te ha tocado la habitación pequeña?

—Voy a mudarme a la del desván este verano.

De repente, todos aquellos años pasados en la habitación pequeña habían obtenido su recompensa. Sentí una punzada de cariño por aquel cuarto.

—Bueno, toma —dijo mientras me tendía la caja con el móvil. Intenté no caerme, desmayarme, ni morirme del susto.

—¿En serio que Poppy estaba hablando con Jez? —conseguí articular.

—Sí, le estaba contando lo de vuestras vacaciones.

—Qué bien que se haya animado tanto gracias al campamento.

—Ha sido gracias a ti... —Luke aseguró los pies sobre el porche y siguió hablando—: Te portaste genial cuando ella estaba hundida. Yo nunca sé qué decir.

Contuve a duras penas unas ganas repentinas de abrazarle.

—No te preocupes —dije—. Las chicas no somos de otra especie. Simplemente, actúa con normalidad.

Nos interrumpieron unos pasos en la calle. Era Lorraine, que pasaba por delante de mi casa hablando por el móvil a todo volumen.

—Bueno, pues dile que nos vemos en el otro bar entonces... Espera... —se interrumpió. Levantó la vista hacia Luke de pie sobre el porche, y luego continuó—. Nada, es sólo la chica esa tan rara, la que siempre está mirando por la ventana. Está aquí en plena escenita a lo Romeo y Julieta. No preguntes.

Luke parecía de lo más tranquilo. Se giró hacia mí.

—¿Puedo? —dijo, y sacó el móvil de la caja que estaba ya en mis manos—. Es un buen teléfono.

—¡Gracias! —dije, mientras repetía para mis adentros «¡Romeo y Julieta, Romeo y Julieta!». Claramente, aquello contaba como fantasía cumplida, aunque Luke llevase un teléfono y no una rosa.

—El menú funciona así... Y se escriben los mensajes en esta pantalla de aquí. Aunque bueno, esto no lo uses mucho.

—¿Por qué, no funciona?

—Qué va, qué va, no es eso, sí que funciona. Es sólo que me parece que se te da mucho mejor hablar que escribir...

—Oh...

—Bueno —dijo Luke, mirándome a los ojos—. Supongo que te veré cuando vuelvas del campamento.

—Claro.

—Pásalo bien.

—Lo intentaré —dije medio aturdida.

Mientras me repetía con todas mis fuerzas «no le abraces, no le abraces», se acercó un poco más y me dijo: —Conque Romeo y Julieta, ¿eh?

Fue entonces cuando ocurrió. Me besó.

¡Me besó! Fue un beso fugaz, ¡pero en los labios! ¡Con mirada a los ojos después del beso incluida. Acto seguido, se dio la vuelta, saltó del porche y se fue camino de su casa. No me lo podía creer. Ni un millón de lucecitas girando alrededor del sol habrían hecho en aquel momento que la vida fuese más radiante. Estaba medio mareada, casi tanto como cuando bajé la ladera de la montaña esquiando. Pero aquello era mil veces mejor.

Me quedé un rato mirando el cielo azul por la ventana. Tenía que actualizar mi diagrama de a-quién-le-gusta-quién. Pero eso podía esperar. Por lo pronto, iba a pasar todos los números de mis amigos a mi nuevo y flamante teléfono móvil y a disfrutar de la prometedora sensación que se respiraba aquella tarde de principios de verano.